桜島・狂い凧

HarUo
UmeZaki

梅崎春生

P+D BOOKS
小学館

目次

桜島

七月初め、坊津にいた。往昔、遣唐使が船出をしたところである。その小さな美しい港を見下ろす峠で、基地隊の基地通信に当たっていた。私は、暗号員であった。毎日、崖を滑り降りて魚釣りに行ったり、山に楊梅を取りに行ったり、朝夕峠を通る坊津郵便局の女事務員と仲良くなったり、よそめにはのんびりと日を過ごした。電報は少なかった。日に一通か二通。無い時もあった。此のような生活をしながらも、目に見えぬ何物かが次第に輪を狭めて身体を緊めつけて来るのを、私は痛いほど感じ始めた。歯ぎしりするような気持で、私は連日遊び呆けた。日に一度は必ず、米軍の飛行機が鋭い音を響かせながら、峠の上を翔った。ふり仰ぐと、初夏の光を吸った翼のいろが、ナイフのように不気味に光った。

或る朝、一通の電報が来た。

海軍暗号書、「勇」を取り出して、私が翻訳した。

「村上兵曹桜島ニ転勤ニ付至急谷山本部ニ帰投サレ度」

午後、交替の田上兵長が到着した。

その夜、私はアルコールに水を割って、ひとり痛飲した。泥酔して峠の道を踏んだ時、よろめいて一間ほど崖を滑り落ちた。瞼が切れて、血が随分流れた。窪地に仰向きになったまま、凄まじい程冴えた月のいろを見た。酔って断れ断れになった意識の中で、私は必死になって荒涼たる何物かを追っかけていた。

翌朝、医務室で瞼を簡単に治療して貰い、そして峠を出発した。徒歩で枕崎に出るのである。

生涯再びは見る事もない此の坊津の風景は、おそろしいほど新鮮であった。私は何度も振り返り振り返り、その度の展望に目を見張った。何故此のように風景が活き活きしているのであろう。胸を嚙むにがいものを感じながら、私は思った。此の基地でいろいろ考え、また感じたことのうちで、此の思いだけが真実ではないのか。たといその中に、訣別という感傷が私の肉眼を多分に歪めていたとしても――

枕崎から汽車に乗って、或る小さな町についた。そこでバスに乗り換えるのである。しかし日に一回のそのバスが、もはや、通過したあとであった。

軍隊のトラックを呼び止めて、それに便乗する手は残っていた。しかしそれも物憂く、街の中央にある旅館に入って行った。そして飯をたべた。縁側に立って、夕方の空のいろを眺めていると、通りかかった若い海軍士官が私に声をかけて来た。私は、私の旅行の用向きを答えた。それから此の士官の部屋に行き、煎豆を嚙みながら、暫く雑談をした。

やはり坊津の、山の上にある挺身監視隊長、谷中尉と言った。背が低い、がっしりした、眼の大きい男である。二十三、四歳に見えた。先日、博多が空襲にあった際、博多武官府にいたと言う。その時の話をした。博多は、私の古里であり、博多にいる私の知己や友人のことを思い、心が痛んだ。

「美しく死ぬ、美しく死にたい、これは感傷に過ぎんね」

谷中尉は、煎豆の殼をはき出しながら、じろりと私の顔を眺め、そう言った。

日が暮れた。そして一泊することに、心をきめた。遊ぼうと言うので、宿屋を出て、駅の裏手にあるという妓楼に出掛けて行った。宿の婢に教えられた家は、暗い路の、生籬に囲まれた、妓楼らしくもないうらぶれた一軒屋である。前の崖の下を、煙突から赤い焰をはきながら、機関車がゆるゆる通る。パッと火の粉が線路に散ったりした。星の見えない空には厚い雲の層が垂れているらしかった。

妓が一人しか居なかったのだ。そして、酒はなかった。谷中尉の発議で、私が籤をつくった。此のような場所で女と寝るのも侘しく、私は短い籤を引きたいと願った。しかし、私が長い籤にあたった。谷中尉は、お茶を一杯飲んだだけで、では、とわらいながら立ち上がった。やや経って、玄関から門までの石畳を踏んで出て行く谷中尉の靴の音がきこえて来た。暫くして、妓が部屋に来た。

妓には、右の耳が無かった。

女と遊ぶ、このことが生涯の最後のことであることが、私にははっきり判っていた。桜島に行けば、もはや外出は許されぬ。暇さえあれば眠らねばならぬような勤務が、私を待っているのだ。私は窓に腰かけ、黙って妓を眺めていた。女は顔の半分を絶えず私の視線から隠すようにしながら、新しく茶をいれた。俄かに憤怒に似た故知らぬ激しい感傷が、鋭く私の胸をよぎった。

「耳がなければ、横向きに寝るとき便利だね」

此のような言葉を、荒々しい口調で投げて見たくてしようがなかった。言わば、頭をかきむしるような絶望の気持で――妓を侮辱したかったのではない。此の言葉を口に出せば、言葉のひとつひとつが皆するどい剣のようにはねかえって、私の胸に突き刺さって来るにきまっていた。口に出さずとも、もはや私の胸は傷ついているのではないか。私は、私自身を侮辱したかったのだ。生涯、女の暖かい愛情も知らず、青春を荒廃させ尽くしたまま、異土に死んで行かねばならぬ自身に対し、此のような侮辱がもっともふさわしいはなむけではないのか。私は窓に腰かけたまま、じっと女の端麗な横顔に見入っていた。

「こわいわ」

視線を避けるように、妓は一寸(ちよつと)横を向いた。かすかに身ぶるいしたようであった。一瞬、右の半面が乏しい電燈の光に浮き上がった。地のうすい頭から、頬がすぐにつづいていた。耳のついているべき部分は、ある種の植物の実の切口のように、蒼白(あおじろ)くすべすべしていた。

「瞼を、どうしたの」

「崖から落ちたのさ」

「あぶないわね」

私は立ち上がって上衣を脱いだ。そして、時間が過ぎた。何の感興もない、ただ自分の肉体の衰えを意識するだけの短い時間のあいだ、私はぼんやり外のことを考えていた。此の町に、小さな汽車に乗ってやって来た。明朝はやくバスに乗って去る。一生のうち、初めて訪れた町であり、もう訪れることはない。此のうらぶれた妓楼の一夜が、私の青春のどのような終止符の意味をもつのだろう。私は窓の下を通る貨物列車の音をわびしく聞きながら、妓と会話をかわしていた。

「桜島?」

妓は私の胸に顔を埋めたまま聞いた。

「あそこはいい処(ところ)よ。一年中、果物がなっている。今行けば、梨やトマト。枇杷(びわ)は、もうおそいかしら」

「しかし、私は兵隊だからね。あるからといって勝手には食えないさ」

「そうね。可哀そうね。——ほんとに可哀そうだわ」

妓は顔をあげて、発作的にわらい出した。しかしすぐ笑うのを止めて、私の顔をじっと見つめた。

「そして貴方は、そこで死ぬのね」

「死ぬさ。それでいいじゃないか」

暫く私の顔を見つめていて、急にぽつんと言った。誰に聞かせるともない口調で——

「いつ、上陸して来るかしら」

「近いうちだろう。もうすぐだよ」

「——あなたは戦うのね。戦って死ぬのね」

私は黙っていた。

「ねえ、死ぬのね。どうやって死ぬの。よう。教えてよ。どんな死に方をするの」

胸の中をふきぬけるような風の音を、私は聞いていた。妓の、変に生真面目(きまじめ)な表情が、私の胸の前にある。どういう死に方をすればいいのか、その時になってみねば、判るわけはなかった。死というものが、此の瞬間、妙に身近に思われたのだ。覚えず底知れぬ不吉なものが背骨を貫くのを感じながら、私は何気ない風を装い、妓の顔を見返した。

「いやなこと、聞くな」

紙のように光を失った顔から、眼だけが不気味に私の顔の表情につきささって来る。右の半顔を枕にぴたりと押しつけた。顔がちいさく、夏蜜柑(なつみかん)位の大きさに見えた。

「お互いに、不幸な話は止そう」

「わたし不幸よ。不幸だわ」

妓の眼に、涙があふれて来たようであった。瞼を閉じた。切ないほどの愛情が、どっと私の胸にあふれた。歯を食いしばるような気持で、私は女の頬に手をふれていた。

翌日の昼、霧雨の中を谷山に着いた。壕(ごう)の中は湿気に満ち、空気は濁っていた。暗号室は、壕の一番奥にあった。霧雨を含んでしっとり重い略帽を手にさげ、梁(はり)で頭打たぬよう身体をかがめて入って行った。高温のため、眼鏡がふいてもふいても直ぐ曇った。

「今すぐ桜島に発って呉れ。あそこには暗号の下士官がいないのだ」

「二人、居る筈ではないのですか」

「赤痢で、霧島病院に入院したんだ」

掌暗号長とこういう話をした。

「すぐ出発します」

暗号室を出て来ると、顔見知りの下士官や兵隊がいて、やあやあとあいさつした。此処はずっと雨で、二、三日前は、居住区の方の壕の入口が壊れたという。砂岩質の、もろい土質であった。湿気のためか、壕内はいやな臭いがした。兵隊の顔色は皆蒼白かった。

佐世保海兵団から、桜島に行くべき兵隊が六名、間違えて谷山に来ているから、それらを連れて行けと言うので、私迄入れて七人、壕の入口に整列し、当直将校にあいさつし、また霧雨の中を赤土の路を踏み、市電の停留場へ進んで行った。聞いてみると、六名は皆補充兵である。回天や震洋艇の修理のために派遣されるのだと言う。

「桜島には、震洋がもう来ているのかね」

「判りませんです」

答えたのは一番年嵩の一等兵である。四十は既に越した風貌である。身体に合わない略服を着て、見すぼらしく見えた。衣嚢も小さい。佐世保海兵団で焼け出されたため、ごく僅かの衣類しか支給されなかったと言う。私の衣嚢の重そうなのを見て、しきりに自分のものと交換してかつごうと言って聞かなかった。善良な型の人物のようであったけれども、軍隊の仕来りに忠実であろうとするその愚直さが、私には何となく重苦しかった。

「俺のは俺が持つ」

素気なく私はそう言い、あとは黙って路を歩んだ。停留場に着いた。小さな電車に乗って暫く走ったと思うと、すぐ降ろされた。爆撃された為、電車は此処迄しか通じないのだ。再び列をつくって、今度は舗装路を歩み出した。

鹿児島市は、半ば廃墟となっていた。鉄筋混凝土の建物だけが、外郭だけその形を止め、あとは瓦礫の散乱する巷であった。ところどころこわれた水道の栓が白く水をふき上げていた。電柱がたおれ、電線が低く舗道を這っていた。灰を吹き散らしたような雨が、そこにも落ちていた。廃墟の果てるところに海があった。海の彼方に、薄茶色に煙りながら、桜島岳が荒涼としてそそり立った。あの麓に行くのだと思った。皆、黙ってあるいた。衣嚢が肩に重かった。

波止場で船を待っているうちに、空が漸く明り出した。雲が千切れながら、青い空を見せ始めた。船を待つ人は皆、痴呆に似た表情をし、あまり口を利かなかった。切符売場の女の子達は、ふかした馬鈴薯を食べていた。それが変に私の食欲をそそった。私はそれから眼を外らし、衣嚢に腰を掛け、無表情な群衆を眺めていた。昨夜の女のことを考えていたのだ。昨夜の情緒が、妙に執拗に私の身体に尾を引いているように思われた。何か甘いその感じが、逆に作用して、波止場にいる無感動な人々の表情に対する嫌悪をそそった。

（馬みたいに表情を失っている）

私は激しく舌打ちをした。兵隊たちは、女の子から馬鈴薯をわけて貰い、私の眼をはばかるようにしてそれを食べていた。じりじりするような時間が過ぎた。やがて白い波頭を立てながら、船が来た。私達は乗った。濁った水をわけながら、船は動き出した。

やがて着いた対岸の砂浜に板をおろし、ひとりひとり渡って飛び下りた。此処が桜島である。海沿いの道を約一里あるいて、袴腰という処に部隊がある。眼をあげると、空は晴れ上がって、朱を流したような夕焼けであった。私の心もほっと明るくなるような感じであった。気軽く兵隊たちにも話しかけ、そして歩き出した。雨上がりの、鮮烈な緑をたたえた樹々が道のくねりにしたがって次々につづいた。農家らしい家に立ち寄り、梨を沢山買った。

茶褐色の、かたい小さな梨であった。気が付くと、群れ立つ樹々の間に、此の野生の梨はあちこちに茶褐色の実を点じていた。

「昨夜の女が言った梨が、これか」

汁液の少ない、甘味に乏しい実を噛んではき散らしながら、私はそう思った。日が落ちた。満山に湧く蟬の声も衰えた。薄明の中、私達は部隊に着いた。道から急角度にそそり立つ崖に、大きな洞窟を七つ八つも連ね、枯れた樹などで下手な擬装をしている。ドラム罐などが、壕の入口にいくつも転がっていた。そして兵隊が壕を出たり入ったりしている。皆、年取った兵ばかりであった。静かな濤の音がした。

当直将校に会い、七名分の送り状をわたし、私はそこで六名と別れた。通信科の兵が来て、それと一緒に居住区に歩き出した。通信科の居住区は、丘の頂上近くにある。暗い歩き難い山道をのぼりながら、私は空をあおいだ。参差する梢のために、星も見えなかった。

「まだ上の方かね」

「もうすぐです」

少し広い道に出て、梢が切れた。片側が崖になり、暗い海の展望があった。微かな風が私の瞼にあたる。海の向こうにはくろぐろと鹿児島の市街があり、そのひとところが赤い焔をあげて燃えていた。疲労した私の眼に、その火の色は此の世のものならぬ不思議な色で、とろとろと静かに燃えていた。

「毎晩、ああやって燃えているのです」

変に感動しながら、私は兵のその言葉を聞いた。

狭い道に降り、そして居住区についた。崖下の洞窟より一回り小さい入口が、やはり竹や樹で小うるさく擬装してあって、電線が岩肌を何本も這って居た。壕はU字形をしているらしかった。身体をかがめて入って行った。

壕の一番奥は送信所になっていて、発電機とか送信機がごちゃごちゃ置いてある。そこで電信の先任下士官などに会い、あいさつをした。送信所に到る通路が、いわば居住区の形で、寝台や卓子が並んでいた。その一つの卓に瓶を置いて、準士官が一人酒を飲んでいた。骨組みは太そうだけれど、肉付きの薄い、通信科の軍人に特有の青白い皮膚をした顔の、こけた頰の上に赤く濁った眼がぎろりと私にそそがれた。陸戦の士官の持つような頑丈な軍刀に片手を支え、酒盃に伸びた手の指が何か不自然なほど長かった。

「村上兵曹か」

私は敬礼をした。

「ここは、当直は辛いぞ。下士官だからといって、夜の当直を抜けることは、俺が絶対に許さん。他の基地のことは知らん。此処は少なくとも第一線だ。毎日グラマンが飛んで来る。どうせ此処で、皆死ぬんだ。死ぬまで、人から嗤われたり後指をさされたりするようなことをするな」

老人のようにしゃがれた声であった。

「判っております」

「俺は、俺はな、吉良兵曹長」

投げつけるような口調でそう鋭く言ったと思うと、執拗なまで私の顔にそそいでいた視線をふいと外らし、再び私の方を見ようともしなかった。私のことをすっかり忘れ果てた様子で、視線をじっと中空に据え、長い指で盃を唇にはこんだ。

「帰ります」

敬礼をし、私は兵隊に導かれ、私に定められた寝台のところに行った。衣嚢を寝台の下に押し込み、湿った服を脱いだ。山の下から、微かに巡検ラッパの音が流れて来る。寝台は二段になっていて、二階の方に、下手糞な字で、村上兵曹、と書いた新しい木札がかけてあった。梯子を登り、私は毛布の上に横たわった。あおむけに寝た私の顔のすぐ上を、黒い電線や裸線が幾本も通り、壕内の乏しい電燈の光を吸うて微かに光った。天井からは絶えず細かい砂がはらはらと落ちて来るらしかった。私はそのまま目を閉じた。

(あの眼だ)

軍人以外の人間には絶対に見られない、あの不気味なまなざしは何だろう。奥底に、マニヤックな光をたたえている。常人の眼ではない。変質者の瞳だ。最初に視線が合ったとき、背筋を走りぬけた戦慄は、あれが私の脅えの最初の徴候ではなかったか。私が思うこと、考えることを、だんだん知って来るに従って、吉良兵曹長は必ず私を憎むようになるに決まっている。それは一年余りの私の軍隊生活で、学び取った貴重な私の直観だ。あの種類の眼の持主は、誤たず私の性格を見抜き、そして例外なく私を憎んだのだ。

「苦手！」

私はそう口に出して呟いた。此の桜島での生活が、何時まで続くか判らない。しかし死の瞬間までに到る此処での生活の間、彼を上官としていただかねばならぬこと、漠然たる不吉の予感がにがく私の胸をつつんだ。

昨夜の記憶が、遠い昔のことのように感じられた。それは遙かな、もはや帰って行けぬ世界であった。

そのうちに私は、うとうとと深い眠りに落ちて行ったらしかった——

こうして、私の桜島の生活が始まった。

昼間は二直制。夜は三直制。そして午後六時から巡検時迄、昼直とも夜直ともつかぬ直があって、それは午前の直に立ったものが当たる仕組になっていた。だから、多い日は一日十二時間の当直に立たねばならなかった。それも電報量が多いという訳ではない。電信員の技術が落ちて来たためと、暗号員の質の低下のために、たとえば昼間六時間の当直の間、一通の電報すら翻訳しかねているような暗号員がいる位であった。もっとも此処の暗号員は大部分が志願兵で、十五歳というのもいた位だから、無理もないのであろう。その上悪いことには、昼間の当直でないときは、彼等は皆、壕掘りに使役されていた。そのため夜の当直では、彼等はそろって居眠りし、一通の電報が交替の度にそのまま申し継がれ、朝になっても完全な翻訳が出来ていなかったりする。その責任はすべて当直下士官にかかって来る。

暗号室は、受信室と一所の壕になっていて、丘の中腹にあった。方角が悪いせいか、湿気が多くて、ひどくむし暑い。交替のとき入って行くと、空気がにごっていて、いやな気持がした。だから之に、通風のための穴を一つ掘るというのである。換気と涼風入れを兼ねた此の工事は、まこと良い思い付きであったに違いなかったが、ある日私が現場に行って、私の直の兵隊が働いているのを監督がてら、計算した結果に依れば、此の風穴が完成するのは少なくとも三箇月はかかるのである。十一月頃になったら、さだめし涼しい風が吹きこむことであろうと、むしろ腹立たしく、私は兵隊に話しかけた。

「此の工事は誰の命令だね」

「吉良兵曹長です」

「それまで此処が保つと思うのかね」

その兵は、もっこをわきに置いて、私の前に立った。

「此の穴が出来上がらないうちに、米軍が上陸して来ますか」

真面目な表情であった。十五歳になるという少年暗号員である。私は莨を深く吸い込みながら、聞いた。

「勝つと思うか?」

「勝つ、と思います」

童話の世界のように、疑いのない表情であった。ふっと暗いものを感じ、私は掌をふって作業を始めるように合図した。そのとき、私は不機嫌な顔をしていたに違いない。私は立ち上がり、莨を踏み消した。そしてあるき出した。

だらだら坂を登り切ると、丘の頂上は喬木の疎林となり、その間を縫う径を通るとき、暑い午後の日射は私の額にそそぎ、汗が絶え間なくしたたった。林をぬけると、やや広闊な草原があった。大きな栗の木が、その中央に生えていた。その木の下に、一人兵隊がいて、私の跫音にびっくりしたように振り返った。

四十を越したか越さない位の、背の低い男であったが、私はふと彼の手にした双眼鏡に目を止めた。私の不審そうな視線に、男は人なつこそうな笑いをちらりと見せて、はっきりした声で言った。

「見張りです」

そう言えば、栗の木の幹を利用して電話が設けてあり、此の草原からは湾内も大空も一望の中にあった。草いきれの中を、私はその男に近づいた。

「あいているなら、双眼鏡を貸して呉れないか」

「ええ、いいですよ。お使いなさい」

双眼鏡を受け取った。ずっしりと重かった。眼に当てて、ゆるゆる視野を移動した。

大正初年の爆発によって海水になだれ入った溶岩の岬が、すぐ目の前にあった。そのこちらが軍用の船着広場で、中央に中世紀の塔に似た放水塔があり、それに群れて水をくんだり洗濯したりしている兵たちの姿が見えた。そして油を流したような海。船着場にある発動機船、そして私の頭の回転につれて、双眼鏡の視野に、大きく桜島岳の全貌が浮かび上がって来た。

それは、青いものが一本もない、代赭色の巨大な土塊の堆積であった。赤く焼けた溶岩の、不気味なほど莫大なつみ重なりであった。もはや之は山というものではなかった。双眼鏡のレンズのせいか、岩肌の陰影がどぎつく浮き、非情の強さで私の眼を圧迫した。憑かれたように私はそれに見入っていた。

「ちょっと」

低い押しつけられたような声であった。私は思わず双眼鏡をはなして、その男の顔を見た。中腰の姿勢で、眼を据え、耳を立てている。

「飛行機です」

男は私から双眼鏡を受け取ると、南の空に目を向けた。私には何も聞こえない。ただ蝉の声が降るようにはげしかった。

空には雲がなかった。太陽はぎらぎら輝きながら、虚しい速度で回転していた。その大空の何処かを、鋭く風を切って、飛行機が近づいて来る気配があった。

男は、双眼鏡を眼から離すと、栗の木の電話機に飛びついた。呼鈴をならした。此のような山の中で聞く呼鈴の音は、妙に非現実的に響いた。

「グラマン一機、ええ、グラマン一機、鹿屋(かのや)上空。針路、針路北北西――」

その時、突然のように、冴(さ)えた金属性の響きが、微かながら私の耳朶(じだ)をとらえた。私が空を振り仰ごうとしたとき、男の手が私の肱(ひじ)をとらえた。

「待避、待避しなくてはいけません」

栗の木から五米(メートル)位離れた、灌木の茂みのそばに、一寸した窪地があって、私達は少しあわててそこに走り込んだ。二人並んであおむけに寝た。胸が動悸を打っている。

「これが、私の寝棺です」

男は低い声で言い、微かな笑い声を立てた。まこと、寝棺の形であった。二人では、狭すぎる。何か答えようとして、私が男の方に身体を動かしかけたとたん、空気を断ち切るような金属音が急に破裂するように増大し、轟然たる音の流れとなって私達の頭上をおおった。私の視野を、銀色に輝きながら、グラマンが大きく現われ、そして瞬時にして消えた。思わず身体を起こしかけたとたん、引き裂くような機銃の音が連続しておこり、そして止んだ。飛行機の爆音は見る見るうちに小さくなり、海のむこうに消えて行ったらしかった。飛行機の通りすぎる間、忘れてしまっていた蟬の声が、此の時になってよみがえって来た。男は身を起こして、電話機についた。

「鹿児島方面に退去。ええ、退去しました」

暫くして待避もとへのサイレンが遠く山の下から聞こえて来た。私も立ち上がって、草原のはなに立ち、あたりを見下ろした。今迄あちこちに待避していたらしい人影が、道路や広場にぽつぽつと現われて来た。

私は男と並んで草原に身をなげ出してすわった。

「グラマンがよくやって来るね」

「今日は、まだ初めてですよ」

男は私の顔をちらと見て言った。

「兵曹は応召ですか」

「補充兵だよ」

「下士候補の？」

「そう。受けたくなかったけれど」

「兵隊でいるよりはいいでしょう」

男はそう言い、神経質な笑い声をたてた。

「蟬が、多いね」

「夜でも、うっかりすると鳴いているのですよ」

「つくつく法師は、まだかね」

「まだですよ。あれは八月十日すぎ」

男の表情に、いらいらした影が浮かんで消えた、と思った。

「つくつく法師は、いやな蟬ですね」

男はそう言い、一寸間をおいて、

「私はね、あの蟬は苦手なんですよ。毎夏、あの蟬が鳴き出す時、いつも私は不幸なんです。変な言い方だけれど。――去年は、六月一日の応召。そして佐世保海兵団、御存じでしょう、十分隊。そこにいて、毎日いやな思いで苦労して、この先どうなることかと暗い思いをしているとき、食事当番で烹炊所(ほうすいじょ)の前に整列していると、その年初めてのつくつく法師がそばの木に取りついて、いやな声立てて鳴きましたよ。丁度(ちょうど)、サイパンが陥(お)ちた直後で、どうせ私達は南方の玉砕部隊だと、班長たちから言われていた時で――」

声が一寸途切れた。

「一昨年(おととし)もそうでした。その前の年も。いつも悲しい辛いことがあって、絶望していると、あの蟬が鳴き出すのです。あの鳴き声は、いやですねえ。何だか人間の声のようじゃないですか。へんに意味ありげに節をつけて。あれは蟬じゃないですよ。今年も、どのような瞬間にあの虫が鳴き出すかと思うと、いやな予感がしますよ」

暫く黙っていた。私が聞いた。

「で、見張りには？」

「秋になって、見張りの講習に行ったのです。いろいろつらいこともあったのですよ」

「年取っていると、猶(なお)のことそうだろうね」

「年齢のせいだけでもありませんよ」

「判らない奴が多いからな」

男は黙っていた。

「志願兵。志願兵上がりの下士官や兵曹長。こいつらがてんで同情がないから」

男はうなずいた。そして、低い、沈欝な調子で言った。

「私は海軍に入って初めて、情緒というものを持たない人間を見つけて、ほんとに驚きましたよ。情緒、というものを持たない。彼等は、自分では人間だと思っている。人間ではないですね。何か、人間が内部に持っていなくてはならないもの、それが海軍生活をしているうち、すっかり退化してしまって、蟻かなにか、そんな意志もない情緒もない動物みたいになっているのですよ」

「ふん、ふん」

「志願兵でやって来る。油粕をしめ上げるようにしぼり上げられて、大事なものをなくしてしまう。下士官になる。その傾向に、ますます磨きをかける。そして善行章を三本も四本もつけて、やっと兵曹長です。やっとこれで生活が出来る。女房を貰う。あとは特務少尉、中尉、と、役が上がって行くのを楽しみに、恩給の計算したり、退役後は佐世保の山の手に小さな家を建てて暮らそうなどと空想してみたり。人間の、一番大切なものを失うことによって、そんな生活を確保するわけですね。思えば、こんな苛烈な人生ってありますか。人間を失って、生活を得る。そうまでしなくては、生きて行けないのですか。だから御覧なさい、兵曹長たちを。手のつけられない俗物になってしまっているか、またはこちこちにひからびた人間になっているか、どちらかです」

「そうだね」

私は、吉良兵曹長のことを頭に思い浮かべていた。彼は、ひからびた男でもなければ、また俗物でもない。全然違った別の型の人間だ。志願兵の頃から、精神棒などで痛めつけられていた間、他の人間なら諦めて忍従して行くところを、おそらくは胸に悲しい復讐の気持を、自ら意識せずに育てて行ったにちがいない。人間の心の奥底にある極度に非情なものを、育てて行き磨いて行き、それを自我にまで拡げて行ったに違いない。やっと兵曹長となり、一応の余裕が出来て、あたりを見廻した時、ひそかに育てて来た復讐の牙は、実は虚しいものに擬せられてあったことに気付いたに違いないのだ。彼は牙を、自分自身に突き刺すより仕方がなかったのだ。彼の奇妙な性格も、異常な動作も、そして彼にとって唯一の世界である海軍が、沖縄の戦終わり、既に潰滅(かいめつ)したことによるいらいらした心情も、おそらくは皆そこにあるのだ。通信科の兵隊を集めての故もない制裁の場における、彼の偏執的な挙動を、私は瞼の裏にまざまざと思い浮かべていた。それは、二、三日前のことであった――

赤痢が流行していた。その日、暗号の兵隊が一人、野生の梨をもいで食べ、そして赤痢の疑いで霧島病院に送られた。梨を食うことは、堅く軍医の禁ずるところであった。医務室でその兵と別れ、居住区に戻り夕食を私は食べていた。湾内で獲れるらしい細長い小さな魚の煮付けを噛んでいたとき、私の背後を通り抜け、そして振り返った。吉良兵曹長であった。

「村上兵曹、山下はどうした」

「霧島行きに決まりました」

「梨を食ったというのは、本当か」

「本当らしいです」

山下というのは、その一等水兵の名である。吉良兵曹長の顔に、急に怒りの表情があらわれた。

「梨を食うなということは、度々兵隊に言ってあるではないか。近頃の兵隊は、気合いは入っていない癖に、悪いことは一人前する」

押しつぶされたような声であった。じっと私の顔を凝視しながら、

「下士官も悪い。下士官がだらしないから、兵隊が我がままをする。俺の命令を聞きたくなければ、聞きたくなるようにしてやる。村上兵曹。兵隊を整列させろ」

私は黙っていた。一人が梨を食ったというかどで、残り全部の兵隊が制裁されることはまことに意味が無いことだ。数日間の此処での生活で、私は私の部下にあたる暗号兵たちに、ほのかな愛情を感じ始めていた。意味なく制裁されるような目に合わせたくなかった。表情を変えず、私は頑固に押し黙っていた。吉良兵曹長は急に横をむくと、送信所の方に急ぎ足で入っていった。

私は元にむいて、食事をつづけた。私は、応召以来、佐鎮（さちん）の各海兵団や佐世保通信隊や指宿（いぶすき）航空隊で、兵隊として過ごして来た。さまざまの屈辱の記憶は、なお胸に生々しい。思い出しても歯ぎしりしたくなるような不快な思い出は、数限りない。自分が目に見えて卑屈な気持になって行くこと、それがおそろしかった。

（しかしもう死ぬという今になって、それが何であろう）

私は暗い気持で食事を終えた。壕を出、落日の径を降り、暗号室に入って行った。そして当

直を交替した。

電報は多くなかった。今日の電報綴りを見ても、銀河一機どこそこを発ったとか、品物を何番号の貨車で送ったとか、あまり重要でない電報ばかりである。当直士官に立っている暗号士がうつらうつら居眠りをしている。電信機の音が四辺に聞こえる。電信兵の半ばは、予科練の兵隊である。練習機不足のため、通信兵に廻された連中なのだ。私は頬杖をついたまま、目を閉じた。

——先刻、夕焼けの小径を降りて来る時、静かな鹿児島湾の上空を、古ぼけた練習機が飛んでいた。風に逆らっているせいか、双翼をぶるぶるふるわせながら、極度にのろい速力で、丁度空を這っているように見えた。特攻隊に此の練習機を使用していることを、二、三日前私は聞いた。それから目を閉じたいような気持で居りながら、目を外らせなかったのだ。その機に搭乗している若い飛行士のことを想像していた。

私は眼を開いた。坊津の基地にいた時、水上特攻隊員を見たことがある。基地隊を遠く離れた国民学校の校舎を借りて、彼等は生活していた。私は一度そこを通ったことがある。国民学校の前に茶店風の家があって、その前に縁台を置き、二、三人の特攻隊員が腰かけ、酒を飲んでいた。二十歳前後の若者である。白い絹のマフラーが、変に野暮ったく見えた。皆、皮膚のざらざらした。そして荒んだ表情をしていた。その中の一人は、何か猥雑な調子で流行歌を甲高い声で歌っていた。何か言っては笑い合うその声に、何とも言えないいやな響きがあった。

（これが、特攻隊員か）

丁度、色気付いた田舎の青年の感じであった。わざと帽子を阿弥陀にかぶったり、白いマフラーを伊達者らしく纏えば纏うほど、泥臭く野暮に見えた。遠くから見ている私の方をむいて、

「何を見ているんだ。此の野郎」

眼を険しくして叫んだ。私を設営隊の新兵とでも思ったのだろう。

私の胸に湧き上がって来たのは、悲しみとも憤りともつかぬ感情であった。此の気持だけは、どうにも整理がつきかねた。此の感じだけは、今なお、いやな後味を引いて私の胸に残っている。欣然と死に赴くということが、必ずしも透明な心情や環境で行なわれることでないことは想像は出来たが、しかし眼のあたりに見た此の風景は、何か嫌悪すべき体臭に満ちていた。基地隊の方に向かって、うなだれて私は帰りながら、美しく生きよう、死ぬ時は悔いない死に方をしよう、その事のみを思いつめていた。——

ふと気が付いて私はあたりを見廻した。暗号室の卓は、私の外二人の兵隊がいるだけで、あとの席には、「呂」の厚い暗号書や、乱数盤が組み立てたままほうり出されているだけで、誰もいなかった。

「此の直はどうしたんだ。もう交替時間はとっくに過ぎているじゃないか」

一人の兵隊が顔を上げて答えた。

「皆来ていたのですが——」

「来ていて、どうしたんだ」

「居住区から呼びに来たのです。電報持っているものだけ残って、手空きは全部来い、と言って」

「誰が、呼んだのだ」

「吉良兵曹長、だそうです」

兵隊は、何かおどおどした調子で、そう答えた。私は、顔の表情が硬ばって来るのが、自分でもはっきり判った。

兵隊を直接指導して行く立場にあるのは、下士官である。その任にあたる立場を、私が無視された。その事が口惜しかったのではない。もはや此処が戦場になるということが、時間の問題となっている現在にも拘わらず、味方同士で何を傷つけ合う必要があるのだろう。そのことが哀しく胸に響いて来た。ここにいる二人の兵隊も、同僚が居住区で何をされているか、よく知っている。偶然、電報を翻訳していたそれだけの理由で、それから免かれている。後ろめたさと漠然たる不安で、陰欝な表情のまま、暗号書を繰っている。何かやり切れない、不快な気持が、私をいらいらさせた。

「よし、居住区に行ってみる」

誰にともなく私は呟き、立ち上がった。狭い通路を通り抜け、外はすでに黄昏であった。山道を走り登り、横に切れる小径へ降ろうとしたとき、私は思わず立ち止まった。居住壕の入口に、吉良兵曹長が立っていた。そして、居住壕前の海を見下ろす斜面に、兵達は皆両手を土に着け、「前へ支え」の姿勢をしていた。吉良兵曹長は、三尺程の棒を片手に下げ、腰を下げて地につけたりしようとするのを、大声出して怒鳴りつけていた。私は歩をゆるめながら、そこに近づいた。

その姿勢を余程長く兵達がつづけているということは、その姿勢のくずれ方や、手を楽なように置き換えようとする絶望的な努力の様子で、はっきり判った。彼等はそろって頭を垂れていた。黄昏の薄い光の中で、私は私の足許の兵隊の額から、脂汗がしたたり落ちるのをはっきりと見た。私は息が苦しくなった。新兵の時、私も何度も之をやらされた。常人よりも膂力の弱い私は、常に人一倍の苦痛を忍ばねばならなかった。その記憶が眼前の光景につながり、呼吸がつまるような気がした。私は、吉良兵曹長の顔をぬすみ見た。

乏しい光線の中で、吉良兵曹長の顔は、思わずぎょっとする位、青ざめて見えた。非常な苦痛を押しこらえているような不思議な表情が、彼の顔を歪めているようであった。眼だけが、偏執的に光りながら、伏せている兵隊の背にあちこち動いた。燃えるような瞳のいろであった。不意に振り返り、私の方を見た。

「村上兵曹。皆を立たせろ」

そう言いすてると、棒を崖の下になげすてた。棍棒は岩角に二、三度にぶい音を立てて、熊笹の谷間に落ちて行った。彼は立ち止まり、一寸何か言いたそうにしたが、何も言わず、私に背を向け、大股に居住区に入って行った。幅の広い、やせた肩のあたりが、何となく淋しそうに見えた。

「立て」

兵達は、皆のろのろと大儀そうに立ち上がった。疲労がそうさせるのか、皆一様な単純な表情であった。考える力を喪失した、言わば動物園の檻のけもののようであった。妙に不気味な圧迫を私は感じながら、私は低い声で言った。

「当直の者は当直へ、残りは別れ」

当直の兵隊と一緒に暗号室への道を歩み出した。海の面だけが淡く暮れ残り、群れ立つ樹々の間は暗かった。兵達を立たせ、そして私が一席の訓戒を加えることを、吉良兵曹長は予期したのだろうか。あるいは兵隊に苦痛をあたえたことだけで事足りたであろうか。私には判らなかった。うしろに何か重い物を引き摺ったような歩き方で、居住区の中に消えて行った彼のうしろ姿が、奇妙に私の眼に沁みついて離れなかった。外の下士官がやるように、自分たちが兵隊であった折にやられたから、今兵隊に同じことをやる、といったような単純なものではないであろう。痼疾のように、吉良兵曹長の心に巣くう何物かが、彼をかり立てているようであった。私の理解を絶した、おそらくは彼自身にも理解出来ない鬼のようなものが、彼の胸を荒れ狂っているようであった。

(あの眼が、それだ)

新兵教育を受けた時、私の班長がやはり、性格の上では違っていたけれども、その類の眼を持った下士であった。平常は温和な、そして発作的に残忍なふるまいをする。あとで何か事件を起こして軍法会議に廻ったことを聞いた。私は此の男のことをふと思い出していた。

所詮、彼等は私と全く異なった世界に住む男達であった。そして、私は、吉良兵曹長の中に住む鬼を、理解するには、あまりにも疲れ過ぎている。疲れていると言うよりは、そのような無縁のものを考えるより、私には、迫り来つつある自らの死のことが気になっていたのだ。桜島に来て以来、このことは常住私の心を遠くから鈍く脅やかし続けている。――

確かに、私は苛立っている。連日の睡眠不足のせいもあった。が、それだけではなかった。一言で言えば、私は、私の宿命が信じ切れなかったのだ。何故私が、小学校の地理では習ったけれども、訪れる用事があろうとも思えなかった此の南の島にやって来て、そして此処で滅亡しなければならないのか。この事が私に合点が行かなかったのだ。合点が行かなかったというより、納得しようと思わなかったのだ。納得出来るわけのものでなかった。しかし事態は、急迫していた。どの道どのような形でか、覚悟を決めなければならぬ処まで来ていたのだ。

暗号室や居住区での雑談で、米軍が何処に上陸するかということが、時々話題にのぼった。海軍は吹上浜に上陸を予想し、陸軍は宮崎海岸の防備に主力を尽くしているという噂がまことしやかに語られた。沖縄は既に玉砕したし、大和の出撃も失敗に終わった。日々に訳す暗号電報から、味方の惨敗は明らかであった。連日飛来する米機の様相から、上陸が間近であることも必至であった。不気味な殺気を孕んだ静穏のまま、季節は八月に入って行った。八月一日の真夜中、私は当直に立っていた。

土の臭いのする洞窟の、薄暗い燈の下で、皆不機嫌の眼を光らせて、暗号を引いていた。ときどき電信室の方から、取次が眠そうな眼をして電報を持って来た。暗号書をめくる音が、変に小うるさく感じられた。私は手を伸ばして、今持って来た電報を取り上げた。作戦特別緊急電報である。はっとして私は頭を上げた。いよいよ何か起こったのではないか。私は急いで暗号書を繰った。一語一語、訳文書に書き取った。

「敵船団三千隻見ユ。針路北」

大島見張所の発信である。私は立ち上がった。

「敵船団の電報です」

当直士官の眠たげな顔に、一瞬緊張の色が走った。

電鈴が鳴って、すぐ幕僚室に通報され、暗号室に至る通路に、枕を並べて眠っていた暗号士や掌暗号長や通信士が、兵隊に起こされてぞろぞろと起きて来た。暗号室に入るとき、一様に眼をしかめ、燈から眼をそむけるようにした。指揮官卓に集まって、低い声で話し合った。

俄かに電報量が多くなった。作戦特別緊急電報ばかりである。報告や通報や、各部隊に対する命令電波が、日本中に錯綜しているらしかった。船団は明らかに東京方面を目指していた。千葉海岸あたりに殺到し、一挙に東京を攻略するのではないか。それはあり得ないことではなかった。

（東京都民は、今頃何も知らずに眠っているだろう）

応召するまで私が住んでいた本郷のことや、また友達のことが、突然のようにはっきり頭に浮かんで来た。それは戦争とは関係のない静かな街であり、平和な人々の姿であった。私が自分に落ちるものと覚悟していた悪運が、今や彼等の上に置き換えられようとしている。此の、死の巨大な凶報も心付かずして、寝床の中に穏やかな顔をして眠っているのではないか。一つの或る想念が、私の心を烈しい苦痛を伴って突き刺した。

（もし東京に上陸するならば、桜島にいる私はたすかるのではないか？）

うめくような気持で、私は此の考えを辿(たど)っていた。——

私の背後の指揮官卓での話し声が少しずつ高くなって来た。ときどき、笑い声がまじった。緊張のなかに、へんに自棄(やけ)っぱちな気持がこじれたままふくれ上がり、冗談を言い合う声が奇妙にうわずって来るらしかった。

「軍令部や東通の連中、いい配置かと安心していた奴等が泡食うぜ」

「太えしくじりとぼやいてもおっつかない」

「しかし関東平野は逃げでがあるだろう」

誰かが口をはさんだ。

「特攻隊は、出撃する様子かな」

暫く誰も口を利かなかった。その沈黙が、痛いほど私の背にのしかかって来た。その瞬間、投げやりな調子で、誰かが冗談を言った。

「どうせ来年の今頃は、俺達はメリケン粉かつぎよ。佐世保港かどこかで」

低い笑い声が起こった。

「兵隊も準士官も無しよ。そうなれば」

突然、笑いを含まぬ質の違った口調が、その会話を断ち切った。

「馬鹿な事を言うなよ」

真面目な、烈しい声であった。笑い声が止んだ。私は身体を少しよじって、背後をぬすみ見た。

「兵隊の居る処で、不見識なこと言うのは止めろ」

吉良兵曹長であった。何時暗号室に入って来たのか、私は知らない。眺めているのもはばかられて、私は前にむきなおり、暗号書を繰るふりをした。そう言いながら、吉良兵曹長は立ち上がったらしかった。白けた空気の中から、

「冗談じゃないか。冗談だよ」

誰かが止める気配がした。

「誰も日本が負けるなどとは思っていないよ」

「冗談にしてもだ。言って良いことと悪いことと――」

「吉良兵曹長。言いがかりのようなことはよせ」

なに、と言葉にならない言葉が聞こえたと思うと、何か絡み合うような気配のうち、肉体がぶつかり合うようなにぶい音がし、小さくなっている私の背に、誰かがよろめいてたおれかかった。乱数盤が、かたりと床に落ちると、数十本の乱片がそこらにみだれ散った。烈しい呼吸が、私の襟筋をかすめた。私は背筋を硬くして、じっと暗号書を見つめていた。低い虚ろな笑い声のようなものが、聞こえたと思った。私は思わずふり返った。壕を支えた木組によりかかって、背の高い吉良兵曹長の顔は、蠟のように血の気を失い、仮面に似た無表情であった。見ていけないものを見たような気持で、思わず目を外らしたとき、呻くような小さな声で、吉良兵曹長の声がした。

「よして呉れ」

冗談を言うのをよせと言うのか、醜い争いをするのをよせと言うのか、自分に言い聞かせるような弱々しい声音であった。白々しい沈黙が来た。その中を、よろめくようにして、吉良兵曹長は壕を出て行ったらしかった。湿った土くれを踏む長靴の音が、それにつづいた。そして、緊張のあとの、ゆるんだ気配が背に感じられた。私は今日の電報綴りを意味なく繰っていた。繰る指が、おさえようとしてもぶるぶるふるえた。

(船団が見えた。それだけのことに皆興奮している)

私をも含めて、度を失った此の一群の男たちに、私は言い知れぬ不快なものが胸に湧き上がって来るのを感じた。不快と言うよりも、もっと憤怒に近い感情であった。ああ、自分の体も八つ裂きにし、そして彼等のも八つ裂きにし、谷底にでも投げ込みたい。私は手刀で力をこめて頸筋を、えいえい、とたたいた。たたく度に後頭部に、しびれるような感覚を伴って血が上って来た——

「村上兵曹。村上兵曹。訳文点検御願い致します」

兵隊の声であった。私は手を伸ばして訳文紙を受け取った。稚拙な字で、翻訳文がしたためてある。

「サキノ敵船団ハ夜光虫ノ誤リナリ。大島見張所」

苦い笑いが浮かび上がって来た。すべては茶番に過ぎないではないか。もし米軍が日本の電波状況を傍受していたなら、此の突如として巻き起こった電波の嵐を、——大島から横鎮へ、横鎮から全国へ、部隊から部隊へ、ひっきりなしに打ち廻された作戦特別緊急信の大群を、何と解釈しただろう。此の部隊にも、先刻佐鎮から、即時待機の命令が出た。今頃は、整備兵らが起こされて、仕事にかかっている筈である。夜光虫の誤りだと判ったとき、整備兵たちはどんな思いでまた寝に就くのであろう。にが笑いは、何か生理的な発作のように、止め度無く湧き上がって止まなかった。私は立ち上がり、訳文を当直士官に差し出した。指揮官卓にいた準士官等の視線が、それに集まった。読んでも、誰も笑わなかった。

「夜光虫、か」

変に感動のうすれた声で誰かが言った。

私は席に戻り、当直士官が幕僚室に電話をかける声を聞いていた。電話機の具合が悪く、夜光虫、というのが仲々通じないらしかった。その声に混じって、外の準士官等の、疲れたような口調の会話を耳にとめていた。

「近頃、いらいらしているらしいのだね」

「ひがんでるのさ。奴(やつこ)さん」

会話は、それだけで止んだ。もはや起きている必要はないというので、それぞれの寝室へ、壕を出て行くらしかった。

三時になった。交替の当直員が来た。私達は申継ぎ(もうしつ)をし、並んで暗号室を出て行った。通路を出ると、真闇(まつくら)であった。私は目を慣らすために、出口の崖によりかかり、暫く待っていた。対岸の鹿児島市は、相変わらず一、二箇所、静かに焔を上げていた。もはや消す気もないようであった。昨夜と同じ個所が、同じ量の焔をあげて、とろとろと燃えている。——

歩き出した。片手を崖に沿わせ、歩き悩みながら、私は、大船団に見まがう夜光虫の大群の光景を想像していた。暗い海の、果てから果てまでキラキラと光りながら、帯のようにくねり、そしてゆるやかに移動して行く紫色の微光を思い浮かべたとき、私は心がすがすがしく洗われるのを感じた。先刻の気持の反動と判っていながらも、私は此の感傷に甘く身をひたしていた。ひそやかな孤独の感じが、快よく身体を領していた。夜風が、顔の皮にあたって吹いた。

山道を長いことかかって登り、居住区に着いた。入口を入ると、奥の卓によりかかり、誰かが腰をおろしていた。私の方を見た。吉良兵曹長であった。今までそのままの姿勢で、じっとしていたらしかった。

「上陸地点に近づいたか」

「あれは、夜光虫だそうです」

私は事業服の襟の紐を解きながら、そう答えた。安堵（あんど）とも疑惑ともつかぬ妙な表情が、彼の顔にちょっと現われて消えた。いじめられた子供のように切ない表情にも見えた。光を背にしているので、それも定かでなかった。そして目を閉じた。

私は、寝台に行き、音のしないように横になった。両掌をそろえて、顔をおおった。瞼がしきりと痒（かゆ）かった。坊津での傷は、ほとんどなおっていて、その跡がしわになっているらしかった。そこをこする私の指の爪が、眼鏡の縁にふれて、かたかたと鳴った。私は侘びしくその音を聞いていた。


午前の当直を終え、正午、私は居住区に戻って来た。当直の時、当直士官の掌暗号長から叱られた。電報が一通、届け方が遅れた。それも傍受電報である。此の部隊に、直接関係があるわけではない。当直士官が幕僚室に、「カブを上げ」たかったからに過ぎない。私は憂欝な気持で昼食を終え、寝台に入り、昼寝をした。そして夢を見た。

何の夢だったかは判らない。ただ、薄暗がりのようなところを、何か一所懸命にわめきながら歩いていた。涙をだらだら流しながら滅茶苦茶に歩いていた。手を振り、足を踏みならしながら、何かさけんでいた。そのまま、ゆるゆると浮き上がって来るようにして目が覚めた。汗をびっしょりかいていた。身体中が重苦しくて、夢の感覚がまだ身体のそこここに残っていた。うつつの私も、夢の中と同じように涙を流していた。何物に対してか、つかみかかりたいような気持で、べとつく肌の気味悪さに堪えながら、じっとあおむけに横たわっていた。

(これでいいのか。これで——)

不当に取り扱われているという反撥が、寝覚めのなまなましい気持を荒々しくゆすっていた。私はひとりで腹を立てていた。誰に、ということはなかった。掌暗号長にではない。私を此のような破目に追いこんだ何物かに、私は烈しい怒りを感じた。突然するどい哀感が、胸に湧き上がった。何もかも、徒労ではないか。此のような虚しい感情を、私は何度積み重ねてはこわして来たのだろう。……

私は身体を起こし、寝台から飛び下りた。乱れた毛布を畳むために、毛布の耳をひとつひとつ揃えながら、ふと呟いた。

「毛布でさえも、耳を持つ——」

耳たぶがないばかりに、あの田舎町の妓は、どのような暗い厭な思いを味わって来たことであろう。あの夜、あの妓は、私の胸に顔を埋めたまま、とぎれとぎれ身の上話を語った。耳なしと言われた小学校のときのこと。身売りの時でも、耳たぶがないばかりに、あのような田舎町の貧しい料亭に来なければならなかったこと。そのような不当な目にあいつづけて、あの妓はどのようなものを気持の支えにして生きて来たのだろう。妹の淋しげな横顔が、急に私の眼底によみがえって来た。侘びしい感慨を伴って、妓の貧しい肉体の記憶がそれに続いた。

(此の感傷によりかかり、そして気持を周囲から孤立させる、此の方法以外に、私の此のいら立ちをなだめる手があろうか?)

もはや、私の青春は終わった。桜島の生活は、既に余生に過ぎぬ。自然に手に力が入り、揃えた毛布を乱暴に積み重ねると、私は服を着け、洞窟を出て行った。午後の烈しい光線が、したたか瞼に滲みわたった。丘の上に登ってみようと思った。

石塊道を登り、林を抜けると、見張所であった。栗の木の下には、此の前と同じ見張りの男が立っていた。私を認めると、かすかに笑ったようであった。何となく元気が無いように見えた。

「また来ましたね」

うなずきながら、私は見張台に立ち、四周を見渡した。心の底まで明るくなるような、炎天の風景であった。

積乱雲が立っていた。白金色に輝きながら、数百丈の高さに奔騰する、重量ある柱であった。その下に、鹿児島西郊の鹿児島航空隊の敷地が見え、こわれた格納庫や赤く焼けた鉄柱が小さく見えた。黒く焼け焦れた市街が、東にずっと続いていた。市街をめぐる山々は美しく、鮮かな緑に燃え、谷山方面は白く砂塵がかかり、赤土の切立地がぼんやりとかすんでいた。自然だけが、美しかった。人間が造ったものの廃墟は、いじけて醜かった。草原に腰をおろした。男も、此の前と同じく、並んですわった。

「見張りも、大変だね」

「大したことはないですよ」

「何だか元気がないようだけれど、身体の具合でも悪いのかね」

「疲れているのですよ」

男は、静かな湾内をぐるぐるっと指さして見せた。

「此の湾内に、潜水艦が三隻いるのです」

「ああ、電報で見た。味方のではないか」

「兵曹は通信科ですか。味方のか敵のかはっきりしないんです」

「味方識別をつけ忘れていた、と言うらしいのだよ」

「そうですか」

男は、暫くの沈黙の後、私に聞いた。

「通信科なら――特攻隊、あれはどうなっているのですか」

「てんで駄目だよ。皆、グラマンに食われてしまうらしい」

「やはり駄目ですか」

溜息をついた。そして、

「特攻隊、あれはひどいですね」

「ひどいって、何が？」

男は暫く黙っていた。そして、一語一語おさえつけるように、

「木曾義仲、あれが牛に松明（たいまつ）つけて敵陣に放したでしょう。あの牛、特攻隊があれですね。それを思うと、私はほんとに特攻隊の若者が可哀そうですよ。何にも知らずに死んで行く――」

「君にも、子供がいるのだろう」

「ときどき練習機の編隊が飛んで行きますね。あれも特攻隊でしょう」

「ああ。――無茶だよ」

男の顔は、光線の加減か土色に見えた。ひどく大儀そうだった。

「身体には、注意しなくてはいけないよ。壕生活はこたえるから」

「鹿児島には、昔、土蜘蛛（つちぐも）という種族がいたらしいですね。熊襲（くまそ）みたいな。やはり私達と同じで、洞窟に住んでいた」

「君は、東京かね」

「もう亡（ほろ）んでしまったんですね。弱い種族だったに違いないですよ」

「蟬が、ずいぶんふえたね。ほんとにうるさい位だ」

熊蟬が、あちらこちらの樹に止まって、ここを先途（せんど）と鳴いていた。

「蟬？　ああ、蟬のこと。法師蟬は、まだ今年は来ませんよ」

男は白い歯を見せて、神経質な笑い声を立てた。肩の辺の骨が細く、服の加減で、少年のような稚(おさ)なさを見せている。何か漠然とした不安が、私をとらえた。男は、両掌を後頭部に組み、その儘(まま)うしろに寝ころがった。今日は、飛行機も来ないらしかった。低い声で男は話し出した。

「私はねえ、近頃、滅亡の美しさということを考えますよ」

しみじみとした、自分に言い聞かせるような声音であった。

「廃墟というものは、実に美しいですねえ」

「美しいかねえ」

「人間には、生きようという意志と一緒に、滅亡に赴こうという意志があるような気がするんですよ。どうもそんな気がする。此のような熾(さか)んな自然の中で、人間が蛾のようにもろく亡んで行く。奇体に美しいですね」

あとの方は独り言のようになった。

「此の間、妙なものを見ましたよ」

「何だね」

男は持っていた双眼鏡を私に渡し、横合いの谷間を指さした。

「あそこに家が、百姓家が見えるでしょう。もう少し右。ええ、そこです。双眼鏡で見てごらんなさい。母家(おもや)の横に、小さな納屋(なや)が見えるでしょう。そこの、軒下に何か下がっているでしょう。見えますか」

傾いた納屋の入口の梁に、何か長い、紐のようなものが、風のためふらふら揺れているのが、双眼鏡にうつって来た。子供が一人、納屋の前の地面にしゃがんで、あそんでいた。それは何だか判らなかった。どういう意味があるのか、私には判らなかった。双眼鏡を返しながら、私は男の顔を見た。

「で?」

「あの家はね、百姓なんです。どこか、遠い所に、田か畠を持っているらしくて、毎日、そこの夫婦は鍬(くわ)など持って出かけて行くようです。お爺さんがいましてねえ、長いこと病気をして、母家の奥の部屋に寝ているらしいのです。時々、納屋の横の便所に立つために出て来るのですが、どうも身体がよく利かない。双眼鏡で見てても、危なっかしいのですよ。それに長いわずらいだと見えて、邪魔者あつかいにされているらしく、昼飯の仕度に帰って来た女房から罵(ののし)られたりしているのです。また子供がいましてねえ、頭の鉢の開いた、七つか八つの男の子なんですが、これも爺さんを馬鹿にしているらしい。勿論、双眼鏡で見るんだから、声など聞こえはしないけれど、此の黙劇(パントマイム)からそのしぐさで私が推察したんですが、まあ、そんな訳なんです。子供は爺さんを馬鹿にしてるけれど、爺さんにとっては孫ですからねえ、可愛いらしい」

「よく判るもんだね」

男は、かすれた声で一寸わらった。

「そうじゃないかと思うのですよ。で、爺さんにしてみれば、息子夫婦からは邪魔にされるし、行末の希望はないし、という訳で、或る日のことでしたが、私が此処から双眼鏡で見ていたんですよ。昼間でね、日がかんかん当たっている。爺さんが縁側に這い出して来たんですよ。そして庭に下りて、納屋の方に歩いて行く。便所に行くのかな、と思って見ていたら、そうでもないらしい。納屋の奥から苦労して、踏台と縄を一本持ち出して来たんです。何をするのかと思っていると、入口の所に踏台をおいて、それに登ろうというのです。処が身体が利かないもんだから、二、三度転げ落ちて地面にたおれたりしましてね。何とも言えず不安になって、私は思わず双眼鏡持っている掌から、脂汗がにじみ出て来ましたよ。そして終に踏台に登った。梁に取りついて、縄をそれに結びつけ、あとの垂れた部分を輪にして、二、三度ちょっと引っ張ってみて、その強さをためしてみる風なんです」

「――首を吊る」

「いよいよこれで大丈夫だと思ったんでしょうね。あたりをぐるっと見廻した。するとすぐ真後ろの六尺ばかり離れた処に、影のように、あの男の子が立っているのです。黙りこくって、じっと爺さんがする事を眺めているんです。爺さんがぎくっとしたのが、此処まではっきり判った位です。爺さんは、縄をしっかり握って、その振り返った姿勢のまま、じっと子供を眺めている。子供も、石のように動かず、熱心に爺さんを見つめている。十分間位、睨み合ったまま、じっとしているのです。その中、がっくりと爺さんは、踏台から地面にくずれ落ちた。男の子は、やはりじっとしていて、手を貸そうともしない。地面を這うようにして縁側までたどりつくと、爺さんは沓ぬぎにうつ伏せになって、肩の動き具合から見ると、虫のようにしくしく、長いこと泣いていましたよ。ほんとに長い間」

男は上半身を起こした。

「先刻見えたでしょう。あれが、その縄なんです」

私は、ふっと此の男に嫌悪を感じていた。はっきりした理由はなかった。少し意地悪いような口調で、私は訊ねた。

「で、いやな気持がしたんだね」

「――残酷な、という気がしたんです。何が残酷か。爺さんがそんな事をしなくてはならないのが残酷か。見ていた子供が残酷か。そんな秘密の情景を、私がそっと双眼鏡で見ているということが残酷なのか、よく判らないんです。私は、何だか歯ぎしりしながら見ていたような気がするんです」

男は、首を上げて空を眺めた。太陽は、ぎらぎらと光りながら、中空にあった。

「そうですかねえ。人間は、人が見ていると死ねないものですかねえ。独りじゃないと、死んで行けないものですかねえ」

男は光をさえぎるために、片手をあげた。強い光線に射られて、男の顔は、まるで泣き笑いをしているように見えた。

午後の当直を終えて外に出ると、夕焼雲が空に明るかった。今日は麦酒（ビール）の配給があったと言って、交替に来た兵の中には、目縁（まぶち）を赤くしているのも居た。私が当直に立っているとき、交替時の直ぐ前だったか、緊急信が一通来た。私がそれを訳した。

居住区の方に戻りながら、私はその電報のことを考えていた。それは決定的な内容を持った電報であった。

居住区に入って行くと、通路の真中に卓を長く連ね、両側にそれぞれ皆腰かけ、卓の上は麦酒瓶の行列であった。煙草の煙が奥深くこもり、瓶やコップの触れる音がかちかち響いた。奥の方に通り抜け、私の席についた。食器に麦酒がトクトクとつがれるのを眺めながら、私は此の騒然たる雰囲気に何か馴染（なじ）めない気がした。卓が白い泡で汚れている。私は上衣を脱ぐと、口に食器を持って行った。生ぬるい液体が、快よい重量感をもって、咽喉（のど）を下って行った。

私の前には、電信の先任下士と吉良兵曹長が腰をおろしていた。先任下士は頬を赤くしていたが、吉良兵曹長はむしろ青く見えた。そしてその話し声がふと私の耳をとらえた。

「大きなビルディングが、すっかり跡かたも無いそうだ」

「全然、ですか」

「手荒くいかれたらしいな」

「どこですか」

「広島」

ぼんやり聞いていた。吉良兵曹長がふと私の方に向きなおった。

「村上兵曹。何か電報があったか」

濁ったその眼が、射るように光った。交替前の電報のことが、再び頭をよぎった。

「ソ連軍が、国境を越えました」

私の言葉が、吉良兵曹長に少なからぬ衝動を与えたらしかった。しかし、表情は変わらなかった。黙ってコップをぐっとほした。長い指で、いらだたしげに卓の上を意味なく二、三度たたいた。

「参戦かね」

「それはどうか判りません。電報では、交戦中と言うだけです」

私は吉良兵曹長の顔をじっと見つめていた。無表情な頰に、何か笑いに似たものが浮かんだ。ぞっと身をすくませるような、残忍な笑いだった。私は思わず目を外らした。食器をかたむけて、麦酒を口の中に流し込んだ。再び瓶を傾けて、食器についだ。酔いがようやく廻って来るらしかった。手足の先がばらばらにほぐれるような倦怠感が、快よく身内にしみ渡って来た。ずっと向こう側の卓で、話し声が漸く高くなって来た。上半身裸になって、汗が玉になって流れている。出口の方に、黄昏の色がうすれかかった。どうにでもなれと思って、私は肱を卓についたまま、ついでは飲み、ついでは飲んだ。

次第に酔いが廻って来て、何だかそこらがはっきりしないような気持になって来た。いろいろとめ度もないことが、頭に浮かんで消えた。坊津のことをぼんやり考えていた。あの頃はまだ良かった。坊津郵便局の女事務員は、私が転勤するというので、葉書二十枚をはなむけに呉れた。衣嚢の底に、それはしまってある。まだ一枚も使わない。——

ふと自責の念が、鋭く私を打った。桜島に来て以来、私は家にも便りを出さない。桜島に来て居ることすら、私の老母は知らないだろう。私の兄は、陸軍で、比島にいる。おそらくは、生きて居まい。弟はすでに、蒙古で戦死した。俄かに荒々しいものが、疾風のように私の心を満たした。此のような犠牲をはらって、日本という国が一体何をなしとげたのだろう。徒労と言うには——もしこれが徒労であるならば、私は誰にむかって怒りの叫びをあげたら良いのか？

洞窟にこもった話し声が、騒然とくずれ始めたと思うと、出口近くの卓から、調子外れの歌声が突然起こり、そしてそれに和すいろいろの声がそれに加わった。歌は「同期の桜」であった。麦酒瓶の底で卓をたたく。歌声は高く低く乱れながら、新しい歌に代わって行った。卓についた肱に、卓を打つ振動が伝わって来る。眼が据って来るのが、自分でもわかった。更に新しい麦酒を傾けて、一息にのみほした。

黙ってしきりに麦酒をほしていたらしい吉良兵曹長が、身体をずらして私の正面にむきなおった。もはや上半身は裸になっていた。堅そうな、筋肉質の肩の辺が、汗にぬれて艶々と光った。低い、いどみかかるような声で私に言った。

「兵隊どもに、戦争は今年中に終わると言ったのか。え。村上兵曹」

「そんなことは言いません」

あの厭な、マニヤックな眼が、私の表情に執拗にそそがれている。何気なく振舞おうと思った。飲みほそうと食器持った手が少しふるえた。

「此のように決戦決戦とつづけて行けば、どちらも損害が多くて、長くつづけられないだろうというようなことは、あるいは言ったかも知れません」

そう言いながら、私は自らの弱さが、かっとする程腹が立って来た。私もじっと彼の顔を見据えながら言った。

「どうでもいいことじゃないですか。そんな馬鹿げたこと」

「今年中に終わるか」

執拗な口調であった。少し呂律（ろれつ）が怪しくなっているらしかった。

「村上兵曹。死ぬのはこわいか」

「どうでもいいです」

「死ぬことが、こわいだろう」

瞳の中の赤い血管まではっきり見えるほど、私は彼の顔に近づいた。酔いが私を大胆にした。

私は、顔の皮が冷たくなるような気持で、一語一語はっきり答えた。

「私がこわがれば、兵曹長は満足するでしょう」

はげしい憎悪の色が、吉良の眼に一瞬みなぎったと思った。それは咄嗟の間であった。立ち上がるなと感じた。立ち上がらなかった。吉良兵曹長は、首を後ろにそらせながら、引きつったような声で笑い出した。声は笑っていたが、顔は笑っていなかった。卓の下で握りしめていた私の掌に、今になって脂がにじみ出て来た。

一人の兵隊が、卓からはなれて、よろめいて来た。歌声は乱れながら、雑然と入りまじった。

「兵曹長。踊ります」

「よし、踊れ」

笑いを急に止めて、吉良兵曹長は叱りつけるような声でそう言った。

その兵隊は、半裸体のまま、手を妙な具合に曲げると、いきなりシュッシュッと言いながら、おそろしくテンポの早い出鱈目(でたらめ)の踊りを踊り出した。よろめく脚を軸として、独楽(こま)のように廻った。手を猫の手のようにまげて、シュッシュッという合いの手と共に、上や下に屈伸した。歌声が止み、濁った笑い声が、それに取って代わった。

「何だい、そりゃあ」

「止めろ、止めろ」

兵隊は、ますます調子を早めて行った。目が廻るのか、額を流れる汗が眼に入るのか、眼をつむったまま憑(つ)かれたもののように身体を烈しく動かした。よろめいて、身体を壕の壁で支えた。電燈の光まで土埃(つちぼこり)がうっすらと上って来た。けろりとした顔付きになって兵隊は敬礼をした。

「終わりました。四国の踊りであります」

歌い声が新しく起こった。何か弥次が飛んだようだけれど、はっきり聞こえない。向こうの方で、麦酒瓶が砕ける音がした。そして、雑然たる合唱がはじまった。

さらばラバウルよ　又来るまでは
しばし別れの　涙がにじむ

私は、眼をつむった。動悸が胸にはげしかった。掌で、顎(あご)を支えた。顔についた土埃のため、ざらざらとした。頭がしんしんと痛かった。じっと一つのことを考えて居た。

死ぬのは、恐くない。いや、恐くないことはない。はっきりと言えば、死ぬことは、いやだ。しかし、どの道死ななければならぬなら、私は、納得して死にたいのだ。——このまま此の島で、此処にいる虫のような男達と一緒に、捨てられた猫のように死んで行く、それではあまりにも惨めではないか。生まれて以来、幸福らしい幸福にも恵まれず、営々として一所懸命何かを積み重ねて来たのだが、それも何もかも泥土にうずめてしまう。しかしそれでいいじゃないか。それで悪いのか。私は思わず、吉良兵曹長に話しかけていた。

「吉良兵曹長。私も死ぬなら、死ぬ時だけでも美しく死のうと思います」

残忍な微笑が、吉良兵曹長の唇にのぼった。毒々しい口調で、きめつけるように言った。

「おれはな、軍隊に入って、あちらこちらで戦争して来た。支那戦線にもいた。比律賓(フイリッピン)にもいたんだ。村上兵曹。焼け焦げた野原を、弾丸がひゅうひゅう飛んで来る。その間を縫って前進する。陸戦隊だ。弾丸の音がするたびに、額に突き刺さるような気がする。音の途断えた隙をねらって、気違いのように走って行く。弾丸がな、ひとつでも当たれば、物すごい勢いで、ぶったおれる。皆前進して、焼け果てた広っぱに独りよ。ひとりで、もがいている。そのうちに、動かなくなり、呼吸をしなくなってしまう。顔は歪んだまま、汚い血潮は、泥と一緒に固まってしまう。日が暮れて、夜が明けて、夕方鴉（からす）が何千羽とたかり、肉をつつき散らす。蛆（うじ）が、また何千匹よ。そのうち夜になって冷たい雨が降り、臂（ひじ）の骨や背骨が、白く洗われる。もう何処の誰ともわからない。死骸か何か、判らない。村上兵曹。美しく死にたいか。美しく、死んで行きたいのか」

　言い終わると、身の毛もすくむような不快（いや）な声でわらい出した。じっと堪えながら、私は谷中尉のことを思っていた。あの若い元気な中尉も、美しく死にたいという考えは、感傷に過ぎぬと話して聞かせた。しかしそれが何であろう。虚無が、谷中尉にしろ吉良兵曹長にしろ、その胸に深い傷をえぐっているに過ぎぬ。私がもつ美しく死にたいというひそやかな希願と、何の関係があるか。

　不思議な悲哀感が、私を襲った。私は、再び吉良兵曹長の方は見ず、虚ろな眼ざしを卓の上に投げていた。騒ぎはますます激しくなって行くようであった。昏迷しそうになる意識に鞭打ち、私は更に麦酒を口の中にそそぎ込んだ。かねてから私を悩ます、ともすれば頭をもたげようとするのを無意識のうちに踏みつぶし踏みつぶして来たあるものが、俄かにはっきりと頭の中で形を取って来るらしかった。私は、何の為に生きて来たのだろう。何の為に？——

私とは、何だろう。生まれて三十年間、言わば私は、私というものを知ろうとして生きて来た。ある時は、自分を凡俗より高いものに自惚（うぬぼ）れて見たり、ある時は取るに足らぬものと卑しめてみたり、その間に起伏する悲喜を生活として来た。もはや眼前に迫る死のぎりぎりの瞬間で、見栄も強がりも捨てた私が、どのような態度を取るか。私という個体の滅亡をたくらんで、鋼鉄の銃剣が私の身体に擬せられた瞬間、私は逃げるだろうか。這い伏して助命を乞うだろうか。あるいは一身の矜持（きょうじ）を賭けて、戦うだろうか。それは、その瞬間にのみ、判ることであった。三十年の探究も、此の瞬間に明白になるであろう。私にとって、敵よりも、此の瞬間に近づくことがこわかった。

（ねえ、死ぬのね。どうやって死ぬの。よう。教えてよ。どんな死に方をするの）

耳の無いあの妓がこう聞いた時、その声は泣いているようでもあったし、また発作的な笑いを押えているような声でもあった。酔いの耳鳴りの底で、私は再び鮮かにその幻の声を聞いた。私は首を反らして、壁に頭をもたせかけ、そして眼をつむった。頭の中で、蟬が鳴いている。幾千匹とも知れぬ蟬の大群が、頭の壁の内側で、鳴き荒んでいる——

洞窟の内の、此の不思議な宴は、ますます狂燥に向かい、変に殺気を帯びて来た。入口から風が吹き抜けると、歌声がまた新しく起こった。卓子がぐらぐらゆれる。私は眼を開いた。ソ連の参戦も糞もあるか。頭を強く二、三度振り、今までの考えから抜け出ようと努力しながら、歌でも歌おうとよろめく足をふみしめ、卓に手をかけ立ち上がろうとした。吉良兵曹長の声が、吹き抜けるように洞内にひびいた。

「兵隊。軍刀を持って来い！」

黒白もわかたぬほど酔っているらしかった。目が据り、顔がぞっとする程蒼かった。立ち上がろうとして、平均を失い、卓に肱をついた。麦酒瓶が大袈裟な音を立てて倒れ、白い泡が土間にしたたり落ちた。卓に片手をついて、下座の方を見据えた。

「剣舞をやるから、持って来い。軍刀」

ふらふらと進み出た。

雑然たる騒音の中から、獣のような声を出して、詩を吟じ始めた。誰の声か判らない。文句も節もはっきりしないままに、吉良兵曹長は軍刀を抜き放った。拍手が三つ四つ起こって、すぐ止んだ。笑い声がする。詩を吟ずる声が二つ重なったと思うと、起承も怪しいまま、転々と続いて行くらしい。軍刀をかざしたまま、吉良兵曹長の上体はぐらぐらと前後に揺れた。眼をかっと見ひらいた。軍刀を壁に沿って振り下ろすと、体を開いてこぶしを目の所まで上げた。よろよろとして倒れかかり、私の肩にがっとしがみついた。軍刀は手から離れて、土の上に音無く落ちた。

「村上。飲め。もっと飲め」

彼の掌に摑まれて、私の肩はしびれるように痛かった。それに反抗するように肩を張り、私は更に新しい麦酒瓶に左の手を伸ばして居た——

丘を降りて、船着場の放水塔の下で洗濯をした。雲は無く暑かったけれども、風は絶えず東南の方向から吹いていた。洗濯物のかわきも早いだろうと思われた。放水塔の周囲には、兵隊が沢山集まって洗濯をしていた。ほとんど、年多い兵隊ばかりであった。私の隣に洗濯していた兵が、もひとりの兵に話しかけるのを聞いた。

「ソ連が、参戦したそうじゃないか」

「うん」

それ切り黙ってしまった。話しかけられた兵隊は、何か不機嫌な顔をしていた。彼等の洗う石鹼の泡が、白くふくれてかたまったまま、私の前の水溝に流れて来た。

鹿児島の新聞社が焼けてからというものは、此の部隊に新聞は入って居ない筈であった。掌暗号長が兵たちに、ソ連参戦のことを外に洩らすなと訓示しているのを私は聞いたが、それにも拘わらず何時の間にか拡がっているらしかった。怠業の気分が、部隊一般にかすかにただよっていた。どの点がそうだと指摘は出来ないが、腐臭のようにかぎわけられた。海岸沿いの道端に天幕を張って、士官達は一日中ごろごろしていたし、もっこを持って壕を出入する兵隊も、何かのろのろした動作であった。

海沿い道を通り、洗濯物をかかえて、私は丘を登った。居住区の前の樹に、洗濯物を注意して拡げた。上空から見えると、うるさいのである。私は壕の中に入り、衣嚢の中から便箋を出した。私は卓の前にすわり、便箋を前にのべ、そしてじっと考えていた。

暫くして、便箋の第一行目に、私は、「遺書」と書いた。ペンを置いて、前の壁をじっと眺めた。

書くことが、何も思い浮かばなかった。書こうと思うことが沢山あるような気がしたが、いざ書き出そうとすると、どれもこれも下らなかった。誰に宛てるという遺書ではなかった。次第に腹が立って来た。私は立ち上がって、それを破り捨てた。

壕を出、丘の上の方に登って行きながら、私は哀しくなって来た。遺書を書いて、どうしようという気だろう。私は誰かに何かを訴えたかったのだ。しかし、何を私は訴えたかったのだろう。文字にすれば嘘になる、言葉以前の悲しみを、私は誰かに知って貰いたかったのだ。

（このことが、感傷の業と呼ばれようとも、その間だけでも救われるならそれでいいではないか）

道は尽き、林に入った。見張台に行く方向である。あの健康な展望が、私の心をまぎらして呉れるかも知れない。私は、空を仰いだ。入り組んだ梢を通す斑（まだら）の光線が、私の顔に当たった。

ふと、聞き耳を立てた。降るような蟬の鳴声にまじって、微かに爆音に似た音が耳朶を打った。林のわきに走り出て、空を仰いだ。しんしんと深碧（ふかみどり）の光をたたえた大空の一角から、空気を切る、金属性の鋭い音が落ちて来る。黒い点が見えた。見る見る中に大きくなり、飛行機の形となり、まっしぐらに此の方向に翔（かけ）って来るらしかった。危険の予感が、私の心をかすめた。

此処を、ねらって来るのではないか。林の中に走り入り、息をはずませながら、なお走った。恐怖をそそるようないやな爆音が、加速度的に近づき、私の耳朶の中でふくれ上がる。汗を流しながら、なお林の奥に駆け入ろうとした時、もはや爆音の烈しさで真上まで来ていたらしい飛行機から、突然足もすくむような激烈な音を立てて、機銃が打ち出された。思わずそこに打ちたおれ、手足を地面に伏せたとたん、飛行機の黒い大きい影が疾風のように地面をかすめ去った。

地面に頬をつけたまま、私は眼を堅くつむっていた。動悸が堪え難い程はげしかった。咽喉の処に、何かかたまりのようなものがつまって居るようであった。あえぎながら、私は眼を開いた。真昼の、土の臭いが鼻をうった。爆音はようやく遠ざかった。

のろのろと立ち上がり、埃をはたいた。手拭いで汗をふきながら、梢の間から空をすかして見た。飛行機は、もはや遠くに去ったらしかった。私は歩き出した。

此の前、見張台でグラマンを見たとき、私は狼狽(ろうばい)はしたけれど、恐いとは思わなかったのだ。今、私をとらえたあの不思議な恐怖は何であろう。歯の根も合わぬような、あのひどい畏(おそ)れは、何であろう?

此の数日間の、死についての心の低迷が、ひびのように、私の心に傷をつけたに違いなかった。死について考えることが、生への執着を逆にあおっていたに違いなかったのだ。見張台に近い小径を登りながら、私は、唇歪めて苦笑していた。

(遺書を書こうという人間が、とかげのように臆病に、死ぬことから逃げ廻る)

自嘲が、苦々しく心に浮かんで来た。

見張台に登りつめた。見渡しても、例の見張りの男は見えないようであった。ふと栗の木のかげに、白いものが見えた。

(まだ、待避をしているのか?)

訝かしく思いながら、近づいて行った。伏せた姿勢のまま、見張りの男は、栗の木の陰に、私の跫音も聞こえないらしく、じっと動かなかった。地面に伸ばした両手が、何か不自然に曲げられていた。土埃にまみれた半顔が、変に蒼白かった。私はぎょっとして、立ち止まった。草の葉に染められた毒々しい血の色を見たのだ。総身に冷水を冷びせかけられたような気がして、私は凝然と立ちすくんだ。

「………」

死体が僅かに身体をもたせかけた栗の木の、幹の中程に、今年初めてのつくつく法師が、地獄の使者のような不吉な韻律を響かせながら、静かに、執拗に鳴いていたのだ。突然焼けるような熱い涙が、私の瞼のうちにあふれて来た。

(此の、つくつく法師の声を聞きながら、死んで行ったに違いない!)

片膝をついて、私は彼の身体を起こそうとした。首が、力なく向きをかえた。無精鬚をすこし伸ばし、閉じた目は見ちがえるほど窪んで見えた。弾丸は、額を貫いていた。流れた血の筋が、こめかみまでつづいていた。苦悶の色はなかった。薄く開いた唇から、汚れた歯が僅か見えた。不気味な重量感を腕に感じながら、私は手の甲で涙をふいた。とうとう名前も、境遇も、生国も、何も聞かなかった。私にとって、行きずりの男に過ぎない筈であった。滅亡の美しさを説いたのも、此処で死ななければならぬことを自分に納得させる方途ではなかったのか。不吉な予感に脅えながら、自分の心に何度も滅亡の美を言い聞かせていたに相違ない。自分の死の予感を支える理由を、彼は苦労して案出し、それを信じようと骨折ったにちがいなかったのだ。

（滅亡が、何で美しくあり得よう）

私は歯ぎしりをしながら、死体を地面に寝せていた。生き抜こうという情熱を、何故捨てたのか。自分の心を言いくるめることによって、つくつく法師の声を聞きながら、此の男は安心してとうとう死んでしまったのだ。

風が吹いて、男の無精鬚はかすかにゆらいだ。死骸は、頰のあたりに微笑をうかべているように見えた。突然、親近の思いともつかぬ、嫌悪の感じともちがう、不思議な烈しい感情が、私の胸に湧き上がった。私は、立ち上がった。栗の木の下に横たわった死体の上に、私は私のよろめく影を見た。

大きな呼吸をしながら、私は電話機の方に歩いた。受話器を取った。声が、いきなり耳の中に飛び込んで来た。

「グラマンはどうした。もう行ったのか」

「見張りの兵は、死にました」

「え？　グラマンだ。何故早く通報しないか」

「――見張りは、死にました」

　私はそのまま受話器をかけた。

　男の略帽を拾い上げた。死体の側にしゃがみ、それで顔をおおってやった。立ち上がった。息を凝らしながら、身体をうごかし、執拗に鳴きつづけていたつくつく法師をぱっととらえた。規則正しい韻律が、私の掌の中で乱れた鳴声に変わった。物すごい速度で打ちふるう羽の感触が、汗ばんだ掌に熱いほど痛かった。生まれたばかりの、ひよわな此の虫にも此のような力があるのか。残忍な嗜虐が、突然私をそそった。私は力をこめて掌の蟬を握りしめると、そのまま略服のポケットに突っ込んだ。蟬の体液が、掌に気味悪く拡がった。それに堪えながら、私は男の死体を見下ろしていた。

　丘の下からは、まだ誰も登って来なかった。軽い眩惑が、私の後頭部から、戦慄を伴って拡がって行った――

　玉音の放送があるから、非番直に全部聞くようにという命令は、その日の朝に出ていた。此の部隊に関係ある電報は一通り目を通していたから、その方面の事態には通じていたとは言え、桜島に来て以来、新聞も読まずラジオも聞かないから、私は浮世の感覚から遠くはなれていた。

だから、玉音の放送ということがどういう意味を持つのか、はっきり判らなかった。が、今までにないという意味から、重大なことらしいという事は想像出来た。不安が、私をいらだたせた。

午前中の当直であったから、私は聞きに行けない。当直が終わり、すぐ居住区に戻って来た。放送は、山の下の広場であった。そこに皆が集まって聞いている筈であった。居住区で飯を食べ終わっても、放送を聞きに行った兵隊たちは帰って来なかった。

「ずいぶん長い放送だな」

私は莨に火をつけ、壕の入口まで出て行った。見下ろす湾には小波が立ち、つくつく法師があちらこちらでも鳴いていた。日ざしは暑かったが、どことなく秋に向かう気配があった。目をむけると、三々五々、兵たちが居住区に戻って来る。放送が終わったのらしかった。

「何の放送だった」

壕に入ろうとする若い兵隊をつかまえて、私は聞いた。

「ラジオが悪くて、聞こえませんでした」

「雑音が入って、全然聞き取れないのです」

も一人の兵が口をそえた。

「それにしても長かったな」

「放送のあとで、隊長の話があったのです」

「どういう話なんだ」

「――皆、あまり働かないで、怠けたり、ずる寝をしたがる傾きがあるが、戦争に勝てば、いくらでも休めるじゃないか、奉公するのも、今をのぞいて何時奉公するんだ、と隊長は言われました」

「戦争に勝てば、と言ったのか」

「はい」

敬礼をして、兵隊は壕の中に入って行った。私は、莨を崖の下に捨てると、暗号室の方に歩き出した。

昨日、通信長が、暗号室に入って来て、暗号室の点検をし、こういう情勢で何時敵が上陸して来るか予測を許さんから、その時にあわてないように、不用の暗号書、あまり使わない暗号書は、焼いてしまったがよかろうと言った。今日午後、それを燃すことになった。私も、それに立ち会おうと思った。

暗号室に近づくと、二、三人の兵隊が、それぞれ重そうな木箱をかついで来るのに出会った。

「暗号書かね」

「そうです」

私達は山の上につづく道を登って行った。私と同じ階級の電信の下士が、ガソリンの瓶を持って後につづくのと一緒に、私も肩をならべて山の方に引き返して歩いた。

林を隔てて、見張台と反対の斜面に一寸した窪みがあって、兵隊はそこに木箱を下ろし、腰かけて汗をふいていた。私達が近づくと、それぞれ立ち上がって、箱から暗号書を出し始めた。皆赤い表紙の、大きいのや小さいの、手摺れしたのやまだ新しい暗号書が、窪みにうずたかく積まれた。

電信の下士が向こう側に廻って、一面にガソリンをふりかけた。私がマッチをすった。青い焔が燃え、赤い表紙が生き物のように反り始め、やがてそれが赤い焔になって行った。かすかな哀惜の思いに胸がつまった。私は電信の下士官に話しかけた。

「今日の放送は、何だったのかな」

「さあ本土決戦の詔勅だろうと言うのだがね」

「誰が言ったんだね」

「電信長もそう言ったし、吉良兵曹長もそんなことを言った」

私は焔を眺めていた。熱気が風の具合でときどき顔にあたった。厚い暗号書は燃え切れずにくすぶったと思うと、また頁がめくれて新しく燃え上がった。煙がうすく、風にしたがって空を流れた。布地の燃える臭いが、そこらにただよっていた。時々、何か燃えはじける音がして、火の粉がぱっと散った。

「いよいよ上陸して来るかな」

棒で暗号書をつつき、かき寄せると、また新しい焔が起こった。煙がさらにかたまって上った。

「あまり煙を出すと、グラマンが来たとき困るぞ」

「今日も来ないよ。昨日も来なかったから」

そう言えば、グラマンは、見張りの男を殺した日を最後に、昨日も一昨日も姿を見せなかった。飛行機が来ないということは、上陸の期がいよいよ迫って来ているせいではないかと思った。散発的な襲撃を止めて、大挙行動する整備の状態にあるのではないか。

(上陸地点が、吹上浜にしろ、宮崎海岸にしろ、どの途(みち)此処は退路を断たれる)

山の中に逃げ込むとしても、幅の薄い山なみで逃げ終(おお)せそうにもない。ことに、此処は水上特攻基地だから、震洋艇か回天が再び還らぬ出発をした後は、もはや任務は無い筈であった。小銃すら持たない部隊員たちに、その時どんな命令が出るのだろう。

ぼんやり焔の色を見ていた。焔は、真昼の光の中にあって、透明に見えた。山の上は、しんと静かであった。物の爆(は)ぜる音だけが、静かさを破った。兵隊が話し合う声が、変に遠くに聞こえた。なびく煙の向こうに、桜島岳が巨人のようにそびえていた。その山の形を眺めているうちに、静かな安らぎが私の心に湧き上がって来た。

退路を断たれようとも、それでいいではないか。何も考えることは止そう。従容(しょうよう)とは死ねないにしても、私は私らしい死に方をしよう。私の死骸が埋まって、無機物になってしまったあとで、日本にどんなことが起こり、どんな風に動いて行くか、それはもはや私とは関係のないことだ。あわてず、落ち着いて、死ぬ迄は生きて行こう。——

「村上兵曹。この木箱も燃しますか」

「うん。燃してしまえ」
木箱は音を立ててこわされ、次々に投げ込まれた。新しい材料を得て、焰は飴のように粘っこく燃え上がった。何気なく手をポケットに入れた。何かがさがさした小さなものが手指に触れた。つかんで、取り出した。一昨昨日捕えたつくつく法師の死骸であった。すっかり乾いていて、羽は片方もげていた。私の掌の上で転がすと、がさがさと鳴った。他の者に見られないようにそっと、私はそれを火の中に投げこんだ。燃え焦れた暗号書の灰の中に、それは見えなくなった。

死ぬ瞬間、人間は自分の一生のことを全部憶い出すとか、肉体は死んでも脳髄は数秒間生きていて劇烈な苦痛を味わっているとか、死んだこともない人間によって作られた伝説は、果たして本当であろうか。見張りの男の死貌はまことにおだやかであったけれども、人間のあらゆる秘密を解き得て死んで行った者の貌ではなかった。平凡な、もはや兵隊でない市井人の死貌であった。私が抱き起こしたとき見た、着ている服の襟の汚れを、何故か私はしみじみ憶い出していた。——

夕方になって、暗号書は燃え尽きた。灰をたたいて、燃え残りがないかを確かめて、私等は戻って来た。

居住区に入ると、奥に吉良兵曹長が腰をおろしていた。片手に軍刀を支え、湯呑みから何かのんでいた。アルコールに水を割ったものらしかった。かすかにその匂いがした。

「焼いてしまったか」

「もう、すみました」

私は手に持った上衣を寝台にかけ、卓の方に近づいた。

「兵隊」

衣嚢の整理をしていたらしい兵隊が、急いで吉良兵曹長のところに来た。

「暗号室に行ってな、今日の御放送の電報が来ていないか聞いて来い」

兵は敬礼をすると、急ぎ足で壕を出て行った。他に兵は誰も居なかった。壕内は、私と兵曹長だけだった。皆、相変わらず穴掘りに行ったのらしかった。私は吉良兵曹長に向き合って腰かけた。吉良兵曹長は例の眼で私を見返した。しゃがれた声で言った。

「いよいよ上陸して来るぞ。村上兵曹」

「今日の放送が、それですか」

「それは、判らん。此の二、三日、敵情の動きがない。大規模の作戦を企んでいる証拠だ。覚悟は出来ているだろうな」

嘲(あざ)けるような笑い声を立てた。

「もし、上陸して来れば——此の部隊はどうなりますか」

「勿論、大挙出動する」

「いや、特攻隊は別にして、残った設営の兵や通信科は」

俄かに不機嫌な表情になって、私の顔を見て、湯呑みをぐっと飲みほした。

「戦うよ」

「武器は、どうするんです。しかも、補充兵や国民兵の四十以上のものが多いのに——」

「補充兵も、戦う！」

たたきつけるような口調であった。

「竹槍がある」

「訓練はしてあるのですか」

私を見る吉良兵曹長の眼に、突然兇暴な光が充ちあふれた。臆してはならぬ。自然に振舞おう。私はそう思い、吉良兵曹長の眼を見返した。

「訓練はいらん。体当たりで行くんだ。村上兵曹、水上特攻基地に身を置きながら、その精神が判らんのか」

「何時出来るか判らない穴を掘らせる代わりに訓練をしたらどうかと、私は思います」

全身が熱くなるような気になって、私も言葉に力が入った。吉良兵曹長は、すっくと立ち上がった。卓を隔てて、私にのしかかるようにして言った。

「俺の方針に、絶対に口を出させぬ。村上、余計なことをしゃべるな」

言い知れぬ程深い悲しみが、俄かに私を襲った。心の中の何かが、くずれ落ちて行くのを感じながら、私は身体を反らせ、じっと吉良兵曹長の眼に見入った。吉良兵曹長の声が、がっと落ちかかって来た。

「敵が上陸したら、勝つと思うか」

「それは、わかりません」

「勝つと思うか」

「勝つかも知れません。しかし――」

「しかし？」

「ルソンでも日本は負けました。沖縄も玉砕しました。勝つか負けるかは、その時にならねばわからない――」

「よし！」

立ち断るように吉良兵曹長はさけんだ。獣のさけぶような声であった。硝子玉のように気味悪く光る瞳を、真正面に私に据えた。

「おれはな、敵が上陸して来たら、此の軍刀で――」

片手で烈しく柄頭をたたいた。

「卑怯未練な奴をひとりひとり切って廻る。村上。片っぱしからそんな奴をたたっ切ってやるぞ。判ったか。村上」

思わず、私も立ち上がろうとしたとたん、壕の入口から先刻の兵が影のように入って来た。つかつかと私達の処に近づいた。両足をそろえると、首を反らしてきちんと敬礼した。はっきりした口調で言った。

「昼のラジオは、終戦の御詔勅であります」

「なに！」

卓に手をついて腰を浮かせながら、私は思わずさけんだ。

「戦争が、終わったという御詔勅であります」

異常な戦慄が、頭の上から手足の先まで奔った。私は卓を支える右手が、ぶるぶるとふるえ出すのを感じた。私は振り返って、吉良兵曹長の顔を見た。表情を失った彼の顔で、唇が何か言おうとして少しふるえたのを私は見た。何も言わなかった。そのままくずれるように腰をおろした。やせた頰のあたりに、私は、明らかに涙の玉が流れ落ちるのをはっきり見た。私は兵の方にむきなおった。

「よし。すぐ暗号室に行く。お前は先に行け」

私は卓をはなれた。興奮のため、足がよろめくようであった。解明出来ぬほどの複雑な思念が、胸一ぱいに拡がっては消えた。上衣を掛けた寝台の方に歩きかけながら、私は影のようなものを背後に感じて振り返った。

乏しい電燈の光の下、木目の荒れた卓を前にし、吉良兵曹長は軍刀を支えたまま、虚ろな眼を凝然と壁にそそいでいた。卓の上には湯呑みが空のまま、しんと静まりかえっていた。奥の送信機室は、そのまま薄暗がりに消えていた。

私はむきなおり、寝台の所に来た。上衣を着ようと、取りおろした。何か得体の知れぬ、不思議なものが、再び私の背に迫るような気がした。思わず振り返った。

先刻の姿勢のまま、吉良兵曹長は動かなかった。天井を走る電線、卓上の湯呑み、うす汚れた壁。何もかも先刻の風景と変わらなかった。私は上衣を肩にかけ、出口の方に歩き出そうとした。手を通し、ぼたんを一つ一つかけながら、異常な気配が突然私の胸をおびやかすのを感じた。私は寝台のへりをつかんだまま三度ふり返った。

卓の前で、腰掛けたまま、吉良兵曹長は軍刀を抜き放っていた。刀身を顔に近づけた。乏しい光を集めて、分厚な刀身は、ぎらり、と光った。憑かれた者のように、吉良兵曹長は、刀身に見入っていた。不思議な殺気が彼の全身を包んでいた。彼の、少し曲げた背に、飢えた野獣のような眼に、此の世のものでない兇暴な意志を私は見た。寝台に身体をもたせたまま、私は目を据えていた。不思議な感動が、私の全身をふるわせていた。膝頭が互いにふれ合って、微かな音を立てるのがはっきり判った。眼を大きく見開いたまま、血も凍るような不気味な時間が過ぎた。

吉良兵曹長の姿勢が動いた。刀身は妖(あや)しく光を放ちながら、彼の手にしたがって、さやに収められた。軍刀のつばがさやに当たって、かたいはっきりした音を立てたのを私は聞いた。その音は、私の心の奥底まで沁みわたった。吉良兵曹長は軍刀を持ちなおし、立ち上がりながら、私の方を見た。そして沈痛な声で低く私に言った。そのままの姿勢で、私はその言葉を聞いた。

「村上兵曹。俺も暗号室に行こう」
壕を出ると、夕焼けが明るく海に映っていた。道は色褪せかけた黄昏を貫いていた。吉良兵曹長が先に立った。崖の上に、落日に染められた桜島岳があった。私が歩くに従って、樹々に見え隠れした、赤と青との濃淡に染められた山肌は、天上の美しさであった。石塊道を、吉良兵曹長に遅れまいと急ぎながら、突然瞼を焼くような熱い涙が、私の眼から流れ出た。拭いても拭いても、それはとめどなくしたたり落ちた。風景が涙の中で、歪みながら分裂した。私は歯を食いしばり、こみあげて来る嗚咽(おえつ)を押えながら歩いた。頭の中に色んなものが入り乱れて、何が何だかはっきり判らなかった。悲しいのか、それも判らなかった。ただ涙だけが、次から次へ、瞼にあふれた。掌で顔をおおい、私はよろめきながら、坂道を一歩一歩下って行った。

〔1946(昭和21)年9月「素直」第一輯 初出〕

狂い凧

一

ある晴れた日の夕方、夕焼け雲の色が褪せかけた頃、私は郊外の道を歩いていた。季節は晩秋か、初冬だったと思う。地上や中空にかなり強い風が吹いていて、樹々の梢を動かし、乾いた砂埃を立てていた。

それはある私鉄と別の私鉄の駅間を結ぶ道路で、中央部が簡易舗装になっている。そこをバスや自動車やオート三輪が通る。舗装してない両側の砂利（じゃり）の部分を、人は歩くのだ。あたりはまだ開けてなく、ところどころに樹に囲まれた農家や、小規模な団地や、高圧線の塔があるだけで、おおむねは畠に占められていた。しかしあちこちの丘や崖を切りくずして、平坦地を造成しているところを見ると、やがてここらも急速に発展して、家やアパートだらけになってしまうに違いない。

人通りは少なかった。

その女は、私よりも三十メートルほど先を、私と同方向に歩いていた。女が歩いていたのは、道の端の歩道ではなく、道からさらに凹んだ畠中の道であった。黄昏時なので交通事故を心配したのではなく、風が吹きつけるので、それを嫌って畠中に降りて入ったのだろう。

その時私の背後から、相当なスピードで、一台のトラックが走って来た。傍を通り過ぎる時、私はちょっと立ち止まり、車道に背を向けていた。トラックは通り過ぎ、やがて鋪装路の穴ぼこをさけようとして、ハンドルを切りそこねたらしい。バス停留所の標識柱に、車体の端が触れた。鈍い音がした。

標識柱は基底にコンクリートの台があり、金属のパイプがそこからまっすぐ伸びて、停留所名を記した円盤が一番上にくっついている。標識柱は土台が重いから、普通ならなぎ倒されるだけの筈なのにその時は妙な現象が起こった。

支柱のパイプが折れたのである。支柱は文字盤もろとも、まっすぐには飛ばず、そのまま風に乗って中空に舞い上がった。

その一部始終を、私は見ていたわけではない。音がしたから眼をやったら、それが舞い上がっていたのだ。ふわふわと呑気そうに十二、三メートルも上がったと思うと、一瞬静止して、今度はきりきり舞いしながら、斜めに畠へ落ちて行った。

「…………」

声にならない悲鳴のようなものを立てて、女は足から膝、膝から胴に力を抜いて、黒い土の上にくず折れた。その落下地点に、丁度その女が歩いていたのだ。

さっき私は、三十メートル先に女が歩いていたと言ったが、トラックが通り過ぎる時には、私は気がついていなかった。と言うより、意識に入れていなかった。もっぱら空や景色を眺めて歩いていたのである。

だからその女の存在に気付いたのは、折れた標識がそこに落下した瞬間からだ。私はすぐに斜面を降りて、その方に急ぎ足に近づいた。私がそこに着く前に、若い男と女が走り寄り（それまで彼等はどこにいたのか、どこを歩いていたのか、私は知らない）、男はうつぶせに倒れた女をあおむけにしようと、しきりに手を働かしていた。アベックの若い女の方は、昂奮（こうふん）した眼色と声で、

「ナンバー、見た？」

「あんた。ナンバー、見た？」

私は黙っていた。私は標識が宙に飛ぶのに心をとられて、ナンバーを見る暇がなかったのだ。男もやはり昂奮していたのだろう。どもりながら、むしろ喜悦に満ちた声で、

「そ、それよりも、救急車を早く呼んで来い。早く。早く！」

事件が起きてまだ一分も経たぬのに、もう十人ばかりの人があつまり、また遠くからばらばらとかけて来る人影も見えた。その中の誰かが走って行って、電話に取りついたのだろう。やがて救急車がサイレンを鳴らしながら、舗装路をまっしぐらに近づいて来た。

女は失神したまま、救急車に運び込まれた。救急車の男がするどい声で、運転手に救急指定病院の名を告げる。救急車はUターンして、速力を上げて走り去った。あとには弥次馬たちと、兇器（？）の標識柱だけが残った。

女はショックで失神しただけで、病院に着くとすぐ意識を取り戻した。頭には傷はなく、肩

と手に打撲傷、胸椎の一箇所に圧迫骨折があった。しかし十五日足らずで、彼女は退院した。

矢木栄介が階段から落ちて怪我をしたという噂を聞いて、私は見舞いに出かけた。彼は自宅の八畳間のベッドの上に、ふんぞり返って寝ていた。枕もとにはベッドテーブルがあり、傍に来客用の椅子が置いてある。矢木は私の顔を見ると、まぶしそうなまた忌々しそうな表情をつくった。

「腰を痛めたんだってね。災難なことだ」

私は椅子に腰をおろしながら言った。

「バーの階段から落ちたんだって？」

「バー？　バーじゃなく、バスだよ」

矢木は顔をしかめた。

「バーだなんて、人聞きが悪い。誰がそんなことを言ったんだね。学校あたりに聞こえると、具合が良くないじゃないか」

矢木は私といっしょに学校を卒業して、今はある大学の講師を勤めている。講師だから収入は少ないが、夫人が美容院を経営しているので、生活には困っていない。もっともふんぞり返っているのは、そのせいでなく、背の痛みのためだとのことであった。

「こうしている方が、ラクなんでね」

矢木は背中をずり起こし、パンヤの枕によりかかる姿勢になった。光線の変化で、矢木の表情はかなり病み老けて見えた。それはある感じがあった。彼は私と同じ齢だったから。

「すまないが、お茶をいれて呉れないか。テーブルの下の扉に、茶器が入っている」

「酔っていたのかね、その時」

電熱器に薬罐(やかん)を乗せながら訊ねた。

「バスの階段から落ちるなんて、だらしない話だね」

「酔ってはいなかった。酔うとかえって体が無抵抗になって、怪我などしないものだ。しらふだと、どうしてもじたばたとする」

枕もとの葡萄(ぶどう)の実を一粒つまんだ。

「大型のバスで、三つ階段がある。その一番上から足をすべらせ、つまりずっこけてしまったんだ。鞄を持っていたし、ずっこけになる以外はなかった。背中には手がないだろう。つかまるすべがなくて、がくんがくんがくんと三度ずっこけ、歩道と車道の角にしたたか腰を打ちつけた。腰がぎくっとなるのが判ったよ」

ていねいに葡萄の皮を剝いて、彼は口に放り込んだ。

「どうして人間の背中なんて、あんなに無防備につくってあるんだろうな。手は前に突く。叩く。足は前方に蹴上げる。眼や口や耳などの感覚器も、おおむね前方の敵を対象としてついているね。背中だけは、皆から見離されて、置きざりにされている。どういうわけかな」

「ヒジ鉄というのがあるよ」

「うん。それはある。でもそれは消極的なものだ。敵にはそれほど響かない」

葡萄を含んだまま、しばらく矢木は考えていた。こういう時、早く呑み込んでしまえばいいのにと、私はいつもいらいらする。そうさせるようなものが、昔から矢木という男にはあった。

「昔子供の頃、おやじから恐い話を聞かせられると、おれたち兄弟はひしひしと、背中をおやじにすりつけて行ったものだ。抱きついたりは決してしなかった。背中の方がぞくぞくと恐くなるからだ。今の子供もそうかね？」

「今でもそうだろう」

「すると人間という動物は、もともと攻撃的に出来ているのかな。背中をさらして歩く動物、しかも守勢的な動物は、たいてい甲羅（こうら）だのトゲだのを持っていらあね。たとえば亀だとか――」

茶が入ったので、会話は途切れた。半分ほど飲んで、私は訊ねた。

「それがバスからすべり落ちた、君の弁解かね」

「いや。弁解というわけじゃないけれども――」

彼は茶碗を置いて、痛そうに身じろぎをした。

「どうも背中というやつは、始末が悪い。自分でも見えないし、いわば盲点みたいなもんだからな。いつ敵が飛びかかって来るか判らない。人間が仲良くなる時、胸襟を開くとは言うけれど、背中を見せ合うということは、絶対にしないものだ」

　私はその矢木の言説に、半分賛成したが、半分反対の気持があった。矢木は茶を飲み干すと、体をよじりながら枕からずり落ち、元の臥床の姿勢に戻った。苦しそうな、あるいは苦しさを誇張したような声で、

「骨が動くんだよ。人間関係みたいに、あちら立てればこちらが立たずという理屈は、骨には通用しない」

　私はあの日のことを思い出しながら言った。

「僕もいつか背骨を打って、気を失った人を見たことがある。その現場をだよ」

「事故。事故だな、あれは、全く」

「自動車事故か?」

「うん。やはり自動車事故だろう。自動車が停留所標識をはねた。標識は折れて遠くに飛び、ある女の背中にぶつかった。自動車はそのまま逃げてしまったが、おそらく女に当たったことは知らなかったんだと思う。するとだね、女は確実に被害者だが、運転手の方は加害者と言えるかな。もちろん標識柱に対しては、それを毀損したんだから、彼は加害者だけれど」

　彼は急に興味をもよおした風に、眼をきらきらとさせた。そこで私は、私が見た一部始終を、話してやった。彼は適当にうなずいたり、相槌を打ったりして、聞いていた。

「それでだね」

最後に私は言った。

「背骨の傷なんて、案外直りが早いんじゃないかと、僕は思うんだ」

矢木はしばらく黙って、何かを考えていた。やがて口を開いた。

「それを言いたいために、そんな長話をしたのか」

「それもあるがだ——」

私は答えた。

「災難はどこにひそんでいるか判らない。それも言いたかったんだ」

「ふん。君も近頃説教づいて来たようだな。齢のせいか。たしか君も四十四歳だったね」

矢木はわらった。

「で、その女、君の知り合いだったのかね」

「いや。全然知らない。ただの行きずりの人間だよ」

「じゃ病院に着いてすぐ気を取り戻したことや、負傷の箇所を、どうして知ってるんだい?」

「病院に電話をかけたのさ、その翌々日。病院の名は、救急車の男が言ったのを、メモして置いた」

「何故そんなことをするんだね」

「僕は見たことの続きやつながりを知りたかったんだ。ただそれだけさ」

「猿みたいな好奇心だね」

「すると看護婦か女医か知らないが、女の声が出て来た。そして症状を教えて呉れた」

矢木の言葉を黙殺して、私は続けた。

「そのあと、あなたは誰だと聞くから、僕は正直に、偶然現場に居合わせた者だと答えたんだ」

受話器の声は言った。すこしあわてた声で。病院まで御足労願えないか。病院としてその状況を知りたいし、当人側もいろんな事情で目撃者を探している。おそらく自動車のことや、災害保険などについて、証言が欲しかったのだろう。

「で、病院に行ったのか？」

「いや。行かなかった」

私は答えた。

「車のナンバーも覚えてないし、僕の印象に残っているのは、狂い凧のような標識の動きと、畠に倒れた女の姿だけだからね。齢は三十前後で、かなり美人だった」

「美人なら見舞いに行ってやればよかったのに」

「しかし僕は証人になりたくて電話をかけたんじゃない。つながりを知りたかっただけだ」

私は電熱器のスイッチをとめた。

「それから二十日ほどして、また電話をしてみた。すると彼女は退院したあとだった。その後のことは知らない。知ろうと思えば知る事が出来る。女の住所もメモして置いたから」

「君というのは、実に因果な性分だね。君は齢をとると、きっと意地悪爺さんになるよ。おれが保証してもいい」

私は返事をしなかった。電熱器の薬罐から、二杯目の茶をいれて飲んだ。

「それで――」

ゆっくり飲み干して、私は訊ねた。彼は疲れたようにかるく眼を閉じていた。瞼の色がうすぐろかった。

「君の場合、ずっこけた時、弥次馬は集まらなかったかね？」

「集まらなかった。集まるもんかね」

彼はけだるく瞼をあけた。

「状況が違うよ。それに僕は美人じゃないし、中年男がずっこけただけの話だからね」

痛そうに体を動かしたので、私は聞いた。

「腰、痛むかい？」

「いや。腰じゃない。痛みは別に移ったんだ」


やはり矢木栄介はその時、すこし酔っていた。講義が済んで、同僚と安バーに行き、ハイボールを三杯飲んだのだ。同僚と別れて、バスに乗った。

夕刻近くで、バスは次第に混んで来た。車内の温度の高昇と酔いのために、栄介はねむ気をもよおして来た。頭をもたせてうつらうつらしている時に、車掌が停留所の名を呼んだ。彼ははっとして立ち上がり、乗客を押し分けながら、入口に突進した。

停車時間が長引くので、若い女車掌は露骨なふくれっ面をしていた。そこであわてたのがいけなかった。がくん、がくん、がくん、と三度ずっこけ、最後に歩道の角に尻餅をつくのに、二秒もかからなかった。しかし誰も笑わなかった。笑いもしなかったかわりに、誰も手を貸しては呉れなかった。そのきっかけが、誰にもつかめなかったのだろう。それほど調子良く、きわめて自然に、栄介はずっこけたのだ。

栄介が街路樹の支え木にすがるようにして立ち上がった時、バスは大きな尻を振りながら発車した後であった。彼は惨めな気持になって、汚れた鞄を拾い上げようとしたが、腰のあたりがぎくぎくと痛んで、なかなか拾えなかった。家まで歩いて帰れそうにもない。彼は支え木につかまったまま、タクシーを呼んだ。

家に戻ると彼は靴を苦労して脱ぎ、ベッドまで這って行った。紅茶を運んで来た家政婦に、医者を呼んで呉れるように頼んだ。家政婦は、どうかなさいましたか、と聞くこともせず、電話口に取りついた。もっとも彼女は、さっき栄介が猫のように這っていた時も、遠くから無表情に黙って眺めていた。電話をかける声を聞きながら、栄介はベッドの中で、

「まるでロボットみたいな女だな。感情を全然あらわさない」

と考えていた。しかし、バスの停留所で誰からもかまわれなかった時、彼は自分に惨めさを感じたが、この家政婦の場合はそうでなかった。むしろその冷淡さはさっぱりして、気に入っ

た。くどくどと問いただされるのは、惨めさを復習するようなものだったからだ。

やがてかかりつけの医師が来た。頭の禿げた、酒好きの好人物で、病気にかかってもきびしい戒律を課さないから、栄介はこの医師が好きであった。

「どうしました？」

栄介は事の次第をかんたんに説明した。最後につけ加えた。

「ギックリ腰というやつではないかと思うんですがね」

医師はその言葉に、別に反応は示さなかった。うつむけにさせて、腰部のあちこちを押したり動かしたりして、診察はそれで済んだ。

「腰痛と言っても、いろいろありましてね、原因がつかめない場合が多いんですよ。しかしあんたの場合は、やはり腰を打って、その部分がネンザしたり、よじれて炎症を起こしたんでしょうな。鎮痛剤を打っときますから、安静にしておれば、その中治るでしょう」

しかしなかなか痛みは去らなかった。三日目、妻の美加子の勧めで、指圧師にかかった。美加子は言った。

「うちのお客さんの話では、とても上手だという話よ。大の男が勤めに出ないで、うちでごろごろしてては、見っともないじゃないの。早く治ってちょうだい」

精神力をふるい起こさずに、これ幸いと骨休めをしている。美加子はそう解釈しているらしかった。指圧を頼むのに別に異存はないので、いや、腰の痛みや圧迫感から逃れたいのは彼自身なので、進んで指圧を受ける気持になった。背の高い、骨っぽい感じの指圧師がやって来た。長年の修練のためか、手の指の先が毒蛇の頭みたいに、平たくぺたんこになっている。

「医者なんかダメですよ」

背中を押しながら、指圧師はあざけるように言った。言うというより、訓戒するという方に近い口調である。

「医者は病み止めの注射をするだけで、あとは何も手を打たない。それにくらべると指圧の方は——」

栄介はうつぶせのまま、笑いを感じながらそれを聞いていた。しかし指圧師の指が腰に移ると、笑ってばかりいるわけには行かなくなった。痛みがやって来たのである。

「材木だ。おれは古材木だ」

そんな気分が、指が痛点を圧するにつれてだんだん消え、彼は枕をつかんでうなったり、

「痛い！」

と悲鳴を上げたりした。痛い！　と叫ぶと、上から指圧師の叱声が落ちて来た。

「痛い、とおらぶな。感じました、と言いなさい！」

それでもまだ栄介は、急所に触れられるたびに、痛いと叫んで、指圧師から訂正を要求された。しだいに栄介の笑いは、怒りに変わりつつあった。痛いのに、痛いと叫んで、何が悪いのだろう。感じました、などとでれでれした言葉がはけるか。彼は枕を胸にかき抱いて、ただも

うなるだけにとどめた。

足を最後にして、指圧は終わった。体を動かしてみると、背中全部が熱を持ち、腰のあたりは特に地腫れをしているような圧迫感があった。

指圧師はそれから毎日通って来た。医師にそのことを言うと、医師はかすかに首を振った。

栄介は聞いた。

「いけませんか」

「ええ。折角鎮静させているのでね、寝た子を無理に引っぱり起こすようなものですよ」

初めの中は立って歩けず、座敷箒にすがって便所通いをしていたのに、少しずつおさまって来て、箒なしでもよろめきながら歩けるようになった。しかし回復は早い方とは言えなかった。

そんなある日、医師は栄介を立たせ、裸の背中を調べながら、不審そうに言った。

「この骨、ずいぶん突出していますねえ」

医師のつめたい指が十二胸椎の辺を押えた。

「ここを押して、痛いですか?」

「いいえ。ちっとも」

「おかしいな。確かにこの骨はへしゃげている。昔、子供の時に、鉄棒から落ちたとか、何かで強く打たれたとか、そんなことはありませんでしたか」

さあ、と栄介は首をひねった。あるような気もするし、なかったような気もする。

「軍隊でね、崖から落ちたことはありますが、別に背中は打たなかった。もし打ったとすれば、その時痛いですか?」

「ええ。痛いですよ。この程度押しても、我慢が出来ないほどです」

医師の指はふたたび胸椎を押した。痛みはなかった。指はそろそろと背中を這って、右の脇腹の上にとまった。

「ここにへんなコブがある。変だな。痛いですか」

そこにも何の感じもなかった。

「前からありましたかね?」

「いいえ」

栄介は右手を廻して、それに触れて見た。卵ぐらいの大きさのぶよぶよしたものがあった。その感触に、突然栄介はするどい戦慄を覚えた。

「寒いですか」

栄介は黙って寝巻で背をおおい、ベッドの上に横になった。医師は少し考えたあと、静かに言った。

「一度レントゲンをとりましょう。明日、うちに来て下さい」

胸椎の変形とコブ、腰痛とそれらと何の関係があるのか。訊ねようとして栄介はやめた。決定されるのが、いやだったからだ。

「こんなコブ、いつ出来たんだろう?」

眼で見ることは出来ない。しかし感触で、大体その形は想像出来る。その忌わしいかたまりを揉みほぐすように、彼はその部分をシーツにすりつけた。やがて家政婦がやって来て、指圧師の来訪を告げた。彼は身じろぎをやめた。

「断わって呉れ」

と彼は言った。

「もう来ないでもよろしいと、そう言っといて下さい」

翌々日レントゲン像は出来上がった。医師はそれをたずさえて、彼の家にやって来た。

「腰の方は別段異状はないですがね、この胸椎が——」

スタンドに黒い傘をかぶせ、写真を透かして見せながら、医師は説明した。どちらが上か、どちらが腰骨か、栄介にはよく判らなかった。はあ、はあとうなずきながら、上下も知れぬ自分の骨像に彼は対面していた。

「どうです。ここがひしゃげているでしょう」

そう言えばどうにか上下が判りかけ、その部分が変形しているらしいのが認められた。しかし栄介は自分の骨の正常な形を見たことがない。だからそれが変形だと指摘されても、その実感はなかった。

「一度これを持って、国立病院に行ってみませんか。紹介状を書きますよ。古いものかどうか、わたしには判断出来ませんのでね」

「そうですか」

「一般に骨全体の影がうすいようですな。齢の割には弱って来ている」

医師は眼鏡を外して、像にしげしげと見入った。

「小さい時、カルシュームのとり方が少なかったんでしょう」

栄介はうなずいた。今思っても、確かにとり方が少なかった。それと同時に、彼は城介のことを考えていた。

「僕には双生児がありましてね――」

「ソーセージ？」

「いえ。つまり僕は、ふた児の一人として生まれて来たという意味です。相手はもう生きていないけれど――」

「なるほどね」

「双生児というのは、母体からの栄養やカルシューム分を、二人で分け合って育つものでしょう。そういう点で、先天的に骨格がやわであるとか、筋肉が薄弱に生まれつくとか、そんなことはないのですか？」

「さあ。それは――」

医師は笑った。冗談に言っていると思ったのかも知れない。

「その相手の人も、体は弱かったんですか。死んだというのは——」

「いや、病気じゃありません。相手は僕より骨が太かったし、腕力も強かった。そこでその分だけ、僕の取り分が少なかったと言う風には——」

「それはどうですかねえ」

医師はレントゲン像を紙袋の中に入れながら言った。

「双生児のことを研究したことがないので、断定は出来ませんが、そんな事例は聞いたことがない。おそらく健康とは関係ないでしょう」

「でも、双生児で芸能界に出たものはあるけれど、スポーツ方面に進出したようなことは、あまり聞きませんね」

「国立病院に紹介状を書いときましょう。あとで取りに来て下さい」

彼の説には取り合わず、医師は立ち上がった。

「その時このレントゲン写真も、いっしょに持って行って下さい」

医師が戻ったあと、彼はベッドの中でいろいろ体を動かしてみた。初めに痛かったのは、右の腰であった。それから左腰が右と同等に痛くなり、この二、三日へんな圧迫感が背中の方に移行し始めていた。それが不安であった。大病院に行けというのは、あの医師にとって専門外であるためか、治療設備がないということなのか。

国立病院の待合室で、しばらく待たせられた。歩いて行くのは不可能だったので、自動車を持っている教え子の学生の一人に電話して、ここに運んでもらった。室内はかなり混んでいた。

「整形外科なんて、思ったよりもじめじめしていませんね」

付き添って来た学生が言った。

「もっと陰湿なものだと僕は思っていた」

それは栄介も感じている。明るい日射しの中で編み物をしている女。笑い声を立てながら手押車を自分で操縦して出て行く少年。おおむねからっとした雰囲気に染められていた。

「内臓じゃなく、骨だからだよ」

栄介は講義の口調で、語呂合わせにもならないことを言った。

「骨だから、乾いているのだ」

やがて名が呼ばれ、彼だけが診察室に入った。六十ぐらいの老女が、ぎくしゃくと着物を着ようとして、いっこうに動作がはかどらなかった。老女はおかしそうに、彼に笑いかけながら言った。

「右手が上がらないんでね。苦労しますよ」

紹介状の宛名は医長になっていた。医長だけが肱掛椅子に腰をおろし、若いインターンや女医や看護婦は立ったり、うろうろと歩いたりしていた。紹介状には所見がくわしく書いてあるらしく、読み終えるのにちょっと時間がかかった。それから彼は裸にされ、材木のように診察台に横たわった。次に立たされて、精密な調べを受け、また診察台に戻った。れいのコブに興味があるらしく、インターンや女医が次々近づいて来て、押したりつまんだりした。

「穿刺(せんし)してみよう」

と、医長が言った。コブに針が刺された。見えないけれど、かなり太い針であることが、その痛みで想像出来た。

(ああ。おれのコブは侮辱された)

全身を固く緊張させたまま、不安をまぎらわすために、栄介はいわれのないことを考えていた。

(現在も侮辱されつつある!)

「何も出て来ないな」

針を引き抜きながら、医長は言った。

「これはたんなる脂肪腫だ。もうよろしい」

彼は診察から解放され、衣服をつけながら訊ねた。

「骨が突出しているのは――」

「やはりその時、折れたんですね」

「ここが張って来て、苦しいのですが――」

「うん。それは――」

肱掛椅子に戻り、医長は彼のかかりつけの医師への返事を、考え考えしながら書き始めた。

「骨が動くって、どういう意味だね？」

　私はいぶかしく訊ねた。

「手や足を動かすと、手や足の骨はそれについて動く。そのことか」

「そんなかんたんなことじゃないよ」

　栄介は苦笑した。

「脊椎の一部が変形する。するとたんに平衡が失われる。自立するのに具合が悪くなるんだね。しかし変形は既定の事実だ。他の骨がその変形に応じて、それぞれ形を動かし始めるんだ。たとえば肋骨がうしろに引っ込むとか、胸椎が歪んだら腰椎が反対側に歪むとかね。おれの脇腹の上がふくらんで圧迫感があるのは、そのせいなんだ」

「不正を皆して合理化しようというわけだね」

　ほぼ私は了解した。

「役所の汚職を、役人どもが皆でかばい合うようなもんだね。医長がそう言ったのか」

　栄介はうなずいた。

「するとその脂肪腫も、何かそれと関係あるのかい？」

「いや。これは偶然だろう。おれもそう思っている。たまたま皮下に脂肪がたまっただけなんだ。おい。そこにブランデーが入っているだろう」

ベッドテーブルの下の扉を指し、栄介はやや陰欝に命令した。

「それを出して呉れ」

「飲んでもいいのかい？」

一番奥にかくされていた洋酒瓶を、私は引っぱり出してやった。

「骨に響きゃしないか」

「大丈夫だよ。腰筋の炎症はおさまったんだからな」

茶碗に注いで、半分ほど飲んだ。

「脂肪腫というのは、遺伝するものかな」

「なぜ？　城介君にも、そんなのがあったのか」

「いや。城介じゃない。父方の伯父だ」

栄介はむせてせきこんだ。体がベッドの上で、はずみをつけて動いた。

「おやじの兄なんだがね。若い時からいつも首のつけ根のところに、ふくらみをこさえては手術し、またふくらませていた。ちょっとコブ取り爺さんみたいに、だらしなく不恰好(ぶかっこう)でね。そのくせまだ死なないで、生きているのだ。おれはこの爺さんを、どこか安い養老院に入れてやろうと思っている」

「なぜそんな憎々しげな言い方をするんだい？」

「そ、そんなに——」

眼をへんに光らせて、栄介は私を見た。

「憎々しげに聞こえたかね？」

私は黙っていた。矢木栄介が伯父を憎んでいるとしても、私にそれほど関係があることではない。問いただせば、栄介は相変わらず飴玉を口の中であっちにやったりこちらに転がしたりするような話ぶりで、結局は核心に触れないだろう。私は彼の古い友人の一人だが、今までいつもそうだった。彼は部分部分は鮮明に語るが、話の筋道を立ててしゃべることをしないのである。話下手なのか、気まぐれなのか、それとも背中を見せたがらないようなところがあるのか。

「そのコブ、見せて呉れないか」

私は率直に言った。

「何のために？」

「いや。見てどうするわけじゃないが、どんな形で、どんな具合にかくれているか、参考までにさ」

私は彼が峻拒（しゅんきょ）するだろうと予想していた。しかしそうしなかった。薄笑いがしばらくして、栄介の頬に浮かび上がって来た。骨を痛めて相当気が弱くなっているなと、その時私は観察しながら判定した。

「こんなやくたいもないものを見たいなんて、君らしいな」

栄介はまた茶碗を引き寄せながら言った。

「別段お見せするほど立派なものじゃないが、明日、いや、明後日の午後、ギプスベッドをつくるんでね」

「どこで？　病院でか？」

「いや。うちでだ」

彼はブランデーを口の中で転がしながら、しばらく宙に眼を据えていた。

「ギプスベッドというのは、どんな風につくるのか判らないけれども、やはりおそらく裸になるんだろう」

「そりゃそうだろうね。着物を着たままじゃ無理だろう」

「その時、見に来たらいいよ。見せてやるよ。骨の突起もコブもさ。その方が全貌を見渡せていいだろう」

「そうだね。そう願おうか」

私は答えた。私は自分の好奇心を恥ずかしいとは思わない。たとえ意地悪爺さんになると言われても。

「そのギプスベッドは、ドクターの意見かね？」

「うん。国立の医長が、うちの医者に指示したらしい。骨を動かさないためにだ。突起がはげしくなると、ますます他の骨が動くだろう。だから突起を押えるために——」

「コブを押しつぶす作用もするのか」

「さっきから言ったように、コブは関係ないんだよ。ずいぶん君はコブにこだわるな」

栄介は小さなあくびをした。

「おれは少し疲れた。眠い」

「こだわるわけじゃないが、僕は何と言うか、はみ出たものが好きなんだよ。好きというより、興味がね」

私は帰り支度を始めながら言った。

「その脂肪腫というのは、体に害をなす輩じゃないんだね」

「そう。悪質の肉腫などとは違う。皮下に脂肪がたまるだけで、もっとふくらんで来れば切開して、フクロごと取り出せばいい。何でもないんだよ」

栄介はけだるそうに眼を閉じた。

二

矢木栄介は寝床の上に腹這いになり、顔を枕に伏せて、ギプスベッドをつくらせていた。顔をまっすぐ伏せるのは、背筋を正しくするためで、うつぶせになるのは、背を丸めないためである。人間は腹這いになると、どうしても背を反らす。

しかし栄介は時々顔をずらしたり、横眼を使ったりして、その作業の内容をぬすみ見ていた。

何をされるかわからない不安が、彼をそうさせた。

背中は木綿の布でおおわれていた。

助手が幅広い包帯をひろげる。石膏の粉らしきものを、まんべんなくまぶす。それを熱い湯にひたす。いい加減なところで引き上げ、栄介の背に貼りつける。同じ過程を経て、次のがその上にぺたりと乗せられる。……

木綿布を隔てているので、それほど熱くもなく、もちろん冷たくもなく、むしろ頃合いの湯に入るような快感があった。

(思ったよりもかんたんなもんだな)

気楽に手足を伸ばしながら、栄介は考えていた。記憶の底を探っていた。

(この感じは何かに似ているな。何かに)

重なった包帯を背中に密着させるために、医師の手がそれをのしたり、たたいたりした。背中でやわらかい堆積が、ぐにゃぐにゃと形を変えるのが判る。明り窓の障子を開いてガラス戸だけにしたので、青い空が見え、日射しがそこから入る。彼は卒然として思い当たった。

「ああ、餅つきだ」

思わず声に出た。

「この感じ、餅に似ていますね」

「そうですな」

医師はポトンポトンと背をたたいて答えた。

「間もなく固くなる」

彼は日当たりのいい前庭の、餅つきの風景を瞼に浮かべていた。いつもあの頃の餅つき日は、小春日和(こはるびより)であった。臼と杵(きね)が持ち出され、蒸籠(せいろ)からあたたかそうな湯気が立ち、それが臼の中に移される。調子のいい音を立てて杵がつき、相手がこねる。時々威勢のいいかけ声が入る。父子供の彼は、母親や兄の竜介、弟の城介と共に、縁側の新しいゴザを前にして待っている。父の福次郎はまだ元気がよくて、上半身を裸にしたまま、つき手になったり、こね手に廻ったりした。栄介は子供心に、つく方が力が要るが、こねる方がむつかしいだろうな、と思いながら眺めていた。こねる方は、手を引っ込めるタイミングをあやまると、杵で打たれるおそれがあったからだ。だから福次郎がこね手に廻ると、栄介ははらはらして、手の握り拳が固くなった。彼は父親を愛し、また尊敬していた。

（あの頃がおやじにとって、一番幸福な時期じゃなかったのかな。そしてこのおれたちも――）

庭先で餅をつくというのは、別段栄介の家が裕福であったためではない。その地方の風習であり、また賃餅屋なんてあまり見当たらない時代であった。たいていの家には臼や杵が備えてあり、ない家は親戚や近隣から借りて使用した。万事のんびりしていた時代で、人手が足りないということはなかったし、また自宅で餅をつくのは行事の一つで、倹約の精神にもかなうことであった。つくのも、こねるのも、丸めるのも、おおむね身内だけで行なうので、特別に日当を払う必要はない。

(おれも大人になったら、年の暮れになると、臼や杵を持ち出して、うちの餅をつく)

子供の彼はその事を信じて疑わなかった。疑うきっかけはなかった。昔からこうする役目は大人にきまっていたし、時世が変わることなんて、夢にも思わなかった。日が東から登って西に沈む。それと同じように、その時それは自明の事実であった。

兄の竜介はもう中学生になっていて、餅を丸める仕事にあき足らず、しきりに餅つきの作業に参加したがって、父や母にたしなめられていた。

「まだまだお前は早い。も少し腰がすわって来ないと——」

事実竜介が杵を持つと、ひょろひょろした。杵が臼のふちにごくんと当たったり、餅に粘りつかれて杵が持ち上がらなくなったりした。あれは案外技巧が要るもので、腕に力がついたからと言って、うまく行くものではない。とは言うものの、栄介は四十四歳の今日に至るまで、とうとう杵をふるう機会を持ったことはなかった。今にしてそう想像するだけだ。

「どうですか。背中の具合は?」

医師が訊ねた。

「つめたくはないですか?」

「いいえ」

彼は首を振ろうとしたが、背にかぶさっているもののために、うまく行かなかった。

「だんだん重くなりますねえ」

やがてつき上がった餅が縁側に運ばれて来る。新しいゴザの上で、引きちぎって粉をまぶし、丸餅をこしらえる。関東のように平ぺったくして庖丁を入れ、四角なのをつくることはしない。すべて丸餅で、それをこさえるのが女子供の役目になっていた。その丸餅をつくるのは、栄介よりも城介の方がはるかに早かった。栄介が不器用だったわけではない。城介のつくり方が乱暴だったからである。栄介のは形がそろっているのに反し、城介の作品は大きかったり小さかったり、厚さも形も不揃いであった。どちらかと言うと母親は、栄介の方に味方した。

「何だね。も少し丁寧につくったらどうだね。栄介を見習いなさい」

すると城介はしゅんとなり、栄介は得意になって、ますます丹念に手を働かせた。しかし父親の兄の幸太郎が来ると、城介の方をほめた。

「うん。男の子は活潑につくった方がええ。どうせ口に入れれば、とろけるものだ。形なんぞどうでもかまわん」

幸太郎はその頃も、つき立ての粟餅に似たふくらみを、首の根っこにぶら下げていた。福次郎は痩せて筋肉質だったが、幸太郎は小肥りにふとっている。彼は福次郎の家にやって来ても、餅つきの手伝いをすることは絶対になかった。幸太郎は本家の旦那だったからである。彼はふところ手をしたまま、見物したり指図したり批評するだけで、その他は何もしなかった。その

くせ最初に出来た餅は幸太郎に捧げられ、彼はそれを当然の如く食味して、

「これはつき方が足らん。腰が弱いぞ」

とか、

「うん。これならまああと言うところだ」

などと批評した。つまり彼はそう齢もとっていないくせに、大旦那ぶりたかったのである。長男であるが故に父祖の財産をひとり占めにして、そして旦那風を吹かすなんて、戦前もずっと昔だから出来ることで、今の時世ではとてもそう行かない。

幸太郎は家業をついでいたが、弟の福次郎はやっと二流か三流の専門学校を卒業して、県庁に勤めていた。借家ではあったが、門と玄関があり、狭い前庭と割に広い裏庭を持つ家に住んでいた。これは収入が多分にあったわけでなく、一般的に借家が安かったせいである。はしくれといえども役人だから、体面ということもあったのだろう。栄介らはその家で生まれ、その家で育った。栄介が高等学校にいる頃、ある時福次郎は少し酔って述懐した。

「お前たち双子が生まれた時、わしはほんとに苦労したぞ。双子となると、かかりが二倍になるんでな」

一応門構えの家に住んでいても、内実は火の車までは行かないが、相当苦しかったものらしい。裏庭はすっかり耕されて畠となり、菜園となっている。野菜に関しては、ほとんど自給自足の体制となっていた。栄介たちも草むしりや害虫取りが日課になっていた。で、自宅で餅を

つくのも、贅沢や景気づけのためでなく、自給自足の精神にもとづいていたようである。その点本家の幸太郎のは、少々趣きを異にしていた。栄介の家と違って、臼をいくつも用意して、町内の若者を雇う。餅も自家で消費する分の三倍も四倍もついて、社会鍋や小学校に寄付したり、善哉をつくって大盤振舞いをしたりする。つまりこれは行事と言うよりも、お祭りみたいなものであった。おそなえ餅だって、栄介の家のものにくらべると、四倍ぐらいの容積があった。栄介たちも招ばれて行くのだが、彼は別段本家の餅つきをうらやましいとは思わなかった。ただわいわいと猥雑に人が動くだけで、栄介たちは付録のように片隅に坐らされ、ひっそりと眺めているだけで、手伝いすらさせてもらえない。そこへ行くと自分の家の餅つきは、主役とまでは行かないが準主役で、餅を丸めるという重要な仕事を与えられている。その点でこの方がはるかに楽しかった。小春日和の前庭の餅つきは、どんなに貧しくとも、愉しい記憶として彼に残っている。ギプスベッドをつくらせながら、彼の胸によみがえって来たのは、本家の餅つきでなく、もちろん自宅の餅つきであった。

「どうです。疲れませんか」

眼を閉じている栄介に、医師は言った。

「いや。いい気分ですよ」

彼は答えた。少しは重いが、ぬくもりが背中全体にひろがるので、その言葉は誇張ではなかった。

「もう済むのですか?」

「いや。もうちょっと厚くしましょう。薄いと折れ曲がったりする心配がある。厚い分には、あとで削れますからね」

その幸太郎に対して、兄の竜介や弟の城介がどんな感情を抱いていたか、栄介は知らない。二人とも死んでしまったから、知る由もない。聞いて置けばよかったという気持、いや、ぼんやりした気分が、今の彼にはある。

やはりその頃だったと推定される。ある日幸太郎は福次郎に、次のような申し入れをした。

『栄介城介の双子の中、勉強の出来る子の大学までの学資を出してやろう。そのかわりに自分の子供が生まれなかったら、その子を養子として幸太郎のあとを嗣がせたい』

幸太郎は子種に恵まれなかった。それがそんな申し入れになったのである。これはしきたりから言えば、不自然なことではなかった。血のつながりのない他人よりも、甥を子供に迎えたいというのは当然のことである。しかし栄介の父母はそれに対して、若干のこだわりを感じたらしい。子供の学資にかこつけて、間接的にわが家の家計をたすけようと言うのではないか。福次郎は割にそんなことには潔癖であり、また頑固なところがあった。財産をひとり占めにして、今さら何を、という気分もあったのだろう。それに、学資を二人に出すというのなら筋が通るが、良い方にだけ学資を投資して、養子として持って行こうとは、少し虫が良過ぎるのではないか。残った成績の悪い方の子は、一体どうなるのか。

しかし、家計が裕福でないことが、結局福次郎夫妻を屈服させた。三流の専門学校を出て役所入りをした福次郎は、出身校がどんなに出世に作用するものであるか、身にしみて知らされていた。子供を大学までやらせたい。その願いは現在の父母より、昔の父母の方がずっと強かった筈だ。大学を卒業することは、そのまま出世を約束されたようなものであった。それにもし幸太郎に男児が生まれたりすると、大学を出ただけただ儲けになる。

(しかしそんな打算が、おやじやおふくろにあっただろうか?)

栄介は考える。その栄介の背中の石膏帯はかすかなぬくもりを残しながら、しだいに固まって来る気配があった。身じろぎすると、ごつごつとした圧迫感があった。

「固まって来たようですな」

彼は誰にともなく呟いた。

「餅よりも固まり方が早いようだ」

「ええ。もう直ぐ——」

「何だか河童の甲羅みたいな気がしますね」

栄介は冗談を言った。

「これに色を染めて、背中にかついで歩いたら、そっくり河童に見えませんかね」

「ベッドをかついで歩くという話は、あまり聞きませんな」

医師は手を動かすのに忙しいので、冗談に応ずる余裕はないらしかった。背をそらし放しなので、栄介もやや疲労を感じ始めていた。

栄介城介に関する約束をはっきり知らされたのは、しかしそれからずっと後のことである。その約束を教えることは、無用の競争心を植えつけることであり、つまり幼な心を傷つけるものだ、と両親は考えたのであろう。それにも拘わらず、栄介も城介も何となく、何かがあることを感じ取っていた。幸太郎がやって来る度に、それをほのめかしたからである。幸太郎は栄介よりも、城介の活潑さを愛していたようである。事あるごとに幸太郎は子供の頭を撫でて言った。

「大学を出て、早くえらいやつになれよ。それにゃ勉強が第一だ」

頭を撫でられる回数は、栄介よりも城介の方がずっと多かった。

「そろそろ固まったようですな」

と医師は言った。

「もう大丈夫でしょう。剝がして見ましょう」

ぎしぎしときしみながら、ギプスが背中から剝がされた。ほっとした解放感が来た。彼はぎくしゃくと調子をととのえがら、起き直った。

「これ、二、三日陰干しにして下さい。すっかり固くなるまで」

剝がされたギプスを栄介は見た。背に当たる部分が、思ったよりも深くえぐれ、ぐっと凹んでいた。背骨の型が点々としるされている。それを見た瞬間、かすかな衝動と戦慄が、彼の全身を通り抜けた。彼は思わずうめいた。

約束の日に、私は矢木栄介の家に行った。れいの無愛想な家政婦が招じ入れた。私は訊ねた。

「今、治療中かね？」

彼女は黙って首を振った。栄介は一昨日と同じ姿勢でベッドに横たわっていた。私は見舞いの花束を枕もとに置いてやった。

「妙なものを持って来たね」

栄介は首を動かして薄笑いをした。

「造花みたいだね。ほんものかい？」

「もちろんほんものだよ。見れば判るだろ」

私は椅子に腰をおろしながら答えた。

「葬式じゃあるまいし。食べるものでも持って来ようと思ったが、えらぶのが面倒くさいしね」

栄介が造花と言ったのは、冗談だったが、すこしは意味がある。城介に関してのことだ。私はしきりに部屋中を見廻した。

「まだあれはつくらないのか？」

「あれってギプスベッドか」

栄介は笑いを収めた。

「それは昨日つくったよ」

「昨日？　今日つくるという話じゃなかったのか？」

「今日だったかな。しかし医者は昨日来たよ。そうだ。きっと医者が日取りを間違えたんだ」

あきらかに栄介はうそをついていた。私には判っている。彼はやはり背中のコブを見せ惜しんでいるのだ。

「またすっぽかしたな」

私は笑った。

「君はあの頃もよく城介君をすっぽかしたからねえ。城介君はすっぽかされると、いつも僕の下宿に来て、兄貴のやつはだらしがないとこぼしてたよ。だから僕が身がわりになって、いっしょに浅草なんかに遊びに行った」

「あの頃の浅草は面白かったねえ。いろんなものがあって、しかも安くて――」

栄介は身じろぎをした。その背中の動かし方を、私は注意深く見ていた。

「でも、おれは城介をすっぽかす気はなかったんだぜ。彼の奉公先があんなところだろう。定期的な休暇はないんだ。手すきになると、ふらふらとおれんとこに遊びに来る。連絡がないから、こっちも待ってやしない。あいつがおれをだらしないというのは、別の理由からなんだ」

「うん。それは知っているよ。日記で読んだ」

栄介はいやな顔をした。私は城介の日記を預かっている。昭和十一、二年の頃のだ。布張りの小型なやつで、時にはペンで時には鉛筆で書いてある。その時私は城介に聞いた。

「何故僕に預けるんだね？」

「どうも女中が盗み読みしている気配があってね、これにゃ主人の悪口なども書いてあるんですよ。へんな告げ口されたら困る」

「栄介に預けたら？」

「栄介は今留守だった。映画を見に行ったらしい」

城介はあいまいな笑い方をした。

「それに兄貴の悪口も書いてあるんでね。ちょっと具合が悪いんだよ」

城介は私に対して、友人のような口をきいたり、時に年長者扱いをしたりする。どんな扱いをしていいのか、彼自身にもよく判らなかったのだろう。

「じゃ、とにかく預かることにしよう」

と言うことになり、大型封筒に入れて封印をした。それ以来その日記は預かり放しである。封印は私が切ったのではなく、長年持ち廻ったせいで、自然にすり切れてしまったのだ。

「で、ギプスベッドは、もう使っているのかい？」

栄介は返事をしないので、私はうながした。

「うまく出来たかい？」

「うまいかまずいか知らないが、とにかく出来上がったよ。まだ濡れているから、使えない。庭に乾してある」

栄介は顎をしゃくった。

「見たいか？」

「うん」

栄介はそろそろと体を動かして、起き直った。手を伸ばして、竹杖を取った。座敷箒の箒の部分を切り捨てたお粗末な杖である。

「まだ杖が要るのかね？」

「いや。なくても歩けるが、この方がらくなんだ。それに病人は、病人らしい恰好をしている方が似合う」

廊下に出た。外が狭い庭になっている。幹の細い樹が五、六本、ひょろひょろと立っているだけだ。沓脱石(くつぬぎいし)の上に新聞紙を敷いて、その上にギプスベッドはひっそりと乾されていた。何だか場違いのような異様な感じがした。私は縁側にしゃがんで、それに見入った。

「貧弱なオブジェというところだね」

「ずいぶん背中のところが凹んでるだろう」

彼はしゃがめないから、戸袋に体をもたせたまま、暗い声で言った。

「しかしおれの背中は凹んでないんだぜ。その分だけふくれているんだ。つまりこれは背中の逆になっている。背骨の孔だって――」

「判ってるよ、そんなこと。説明して呉れなくても」

「そうか。それならいいが――」

ほんものでなく模造品だけれど、ついに見せてしまったので、栄介もすこしは気がらくになったらしい。口調がやや軽くなった。

「出来上がった時に、これがほんとにおれの背中かと、おれは哀しかったよ」

「しかしこの程度の猫背は、そこらにざらにあるんじゃないのか」

私はやさしく言った。

「自分のものだから、オーバーに感じるんだ。型を取れば、僕だってそんなものだよ。そんなものだろうと思うよ」

「そう無理してなぐさめるなよ」

栄介は苦笑まじりに言った。

「おれはおやじの背中を考えていたのだ。おれが床ずれの手当てをしてやった時、これと同じ曲がり方で、同じようにふくらんでいた」

栄介の父福次郎は、彼が大学に入った二年目の秋に死んだ。脳卒中で倒れたきり、ついに起き上がることをしないで、半年後に息を引き取ったのである。半年間あおむけに寝たきりなので、背中がすれて、突起した背骨のあたりは赤くなり、あるいは部分的に化膿したりして、かえって手当てする方が苦しくつらかった。当人の方はそれほどではなく、気楽そうにうなりながら手当てを委せていたのは、痛覚神経が麻痺していたからだろうと、栄介は思う。

「これがおやじだ。そしておれはこのおやじの子だ」

栄介が福次郎に匙で食事をさせたり、床ずれの手当てが出来るのは、帰省中に限られている。すなわちそれは夏ということになる。手当て中は近所にのぞかれたくないので、戸障子を全部しめ切ってしまう。温気（うんき）や膿（のう）のにおいが、むっと部屋中にたてこめる。その中で栄介は黙々と手を動かしている。——昨日自分のギプスを眺めた時、彼の体を通り抜けた衝動と戦慄は、まさしくその記憶であった。栄介は低い声で言った。

「あんな背中になって、間もなくおやじは死んでしまった。骨も相当に弱っていたんだろうなあ」

「齢をとれば誰だって、骨は弱るさ」

栄介のその感傷的な口調を、私はあまり好まなかった。ギプスを見られたための照れかくしに、話を父親の方に持って行ったのかも知れない。

「城介君だって、割に猫背だったよ。ことに走ると、それが目立った。彼はオートバイ乗りみたいな姿勢で走ったよ」

「城介が走るとこを、君は見たことがあるのか？」

「あるよ。どこだったか、どこかの遊園地でだ。まだ君に話さなかったかな」

三

殴ろうと言い出したのは、矢木城介の方であった。もちろん私はとめた。

「ほっときなよ、あんなの。殴ったって仕方がない」

しかし城介は黙って、その方をにらんでいた。眼が凶暴にきらきら光って動いている。こんな眼の動かし方を、兄の栄介は絶対にしない。城介に特有のものであることを、私は彼とつき合い始めて、間もなく知った。双子と言っても二卵性の方なので、同じ時期に同じ胎内に育ったというだけで、兄弟みたいなものだから、顔かたちは似ていても、性格や考え方はかなり違っているのだ。

その遊園地は戦前のものなので、現在のそれのように大規模でけばけばしいものではなかった。しかし形としてはほぼ同じで、丘や凹地や庭があり、池には貸ボートが浮かび、遊戯施設も一応ととのっている。売店ではおでんやキャラメル類を並べ、拡声器が〈東京ラプソディ〉や〈ユモレスク〉などのメロディを園内に流している。いつだったか私は城介といっしょに、そこに遊びに行った。多分その時も栄介を訪ねて不在だったので、私のところにやって来たのだろう。

東京の人口が少なかったから、日曜日だというのに、入園者は多くはなかった。まばらというほどではないが、騒々しいという感じはほとんどなかった。でも遊園地というやつは、老人や子供、あるいは女連れならたのしめるが、鬱屈した若者二人でのその歩いても、くたびれるだけで決して面白いものではない。

城介が見ている方向に、小さな谷があった。谷には吊橋がかかっていた。その橋の中ほどで、若い女が二人、悲鳴とも嬌声ともつかぬ声を上げていた。橋のたもとに学生姿の男が三人いて、女たちが渡りかけたのを見すまして、急にゆすぶり始めたのだ。どこの学生かは知らないが、彼等はあきらかに酒気を帯びていた。いや、酒気を帯びているというほどでなく、三人でビールの一本か二本か飲み、酔ったつもりになって気勢を上げている。その方に近かった。齢はおそらく私たちよりも若かっただろう。上着の上の方のボタンをわざと外して、気障というより、にやけた気分をぷんぷんと発散させている。

橋上の女たちとその学生たちと知り合いでないことは、見ていた経緯からして、ほぼ見当がついていた。その若者たちも、折角遊園地にやって来たのに、何も面白いことがなくて、気分的にやり切れなくなったのであろう。

「殴ってやろうか」

城介は私に言った。冗談だと初め私は受け取った。冗談めかしたような口調だったからだ。

「なぜ殴るんだね？」

「女をいじめてるからですよ」

城介は答えた。

「あ。あんなにゆすぶると、おっこちるかも知れない」

私たちは吊橋から谷に降りる中腹の、ベンチに腰をかけて、莨をふかしていた。そこは女たちを斜め上に見上げる位置になる。橋が揺れるので、女たちのスカートが動いて、白い下着や足が見えるのだ。私の眼を愉しませるために、女たちは立ちすくんで騒いでいるように見えたくらいだ。だから私はその時城介の気持をはかりかねた。

「大丈夫だ。切れやしないよ」

吊橋は鉄線で編み、その上に板を敷いてあるので、たとえ手を離してもおっこちる心配はない。女たちもそれを知っているのだろう。悲鳴はむしろ嬌声に聞こえるのは、そのせいでもあった。

「甘えて騒いでるだけだよ。僕たちとは関係ない」

「関係ありますよ」

今度は押し殺したような声で、城介は言った。

「あいつら、さっきおれたちと売店の前ですれ違った時、ふんと言った調子で、唾を地面にはきやがった」

「ちょっと酔っぱらってるんだよ」

「今もさ、こんなこと、お前たちにゃ出来めえと、そんなつもりでやってんだ。あの与太学生ら！」

それは城介の邪推だと私は思った。彼は莨を地面に踏みにじり、のそりと立ち上がった。本気でやるつもりだな。その時初めて判った。私はあわてて引きとめた。

「ほっときなよ、あんなの。殴ったって仕方がない」

彼は少時(しばらく)学生たちと吊橋の動きに眼を据(す)えていた。私の手を振りはらって、いきなり斜面をかけ登った。

　あっと言う間もなかった。二人は谷（と言っても三メートルほどのものだ）に突き落とされて転落し、一人は腹を押えるようにしてうずくまった。橋の揺れがおさまるまで、城介は身構えたまま、三人の動きを監視している。女たちははげまし合うように、

「早く。早く！」

　と呼び合いながら、雲か何かを踏むような足どりで、城介のいるたもとへ戻って来た。やはり烈しくゆすぶられて恐かったのであろう。するとあれは嬌声ではなく、今思うとほんとの悲鳴だったのかも知れない。転落した二人は服のほこりを払い、顔を見合わせながら、登ってでも一度闘おうかどうか、相談しているように見えた。しかし総じて彼等三人は、その動きからして、戦意を喪失していた。

　女たちは城介に近づいた。かるく頭を下げ、何か言おうとした。

「…………」

　その年嵩の方の女の頬ぺたに、城介はしたたかな平手打ちを加えた。女は頬を押えてよろめいた。あまり意外な光景だったので、私は思わず立ち上がった。女をたすけるために、学生たちに飛びかかったのではないか。女の頬を張るなんて話が違うじゃないか。城介は私の方に振り向き、大声で叫んだ。

「早く。逃げるんだ！」

そして彼は背中を丸めて、一目散に走り出した。刑事に追われて人混みにまぎれ込もうとする掏摸(すり)のように。いや、追込みに入った競馬の騎手のように。——あるいはいたずらを見つけられて逃げる子供のように。追われるというより、逃げること自身が愉しくて仕様がない。そんな感じの走り方で逃げた。

「それで——」

庭を見おろしながら、栄介は言った。

「君も逃げたのか？」

「うん。いや。五十メートルほど走って、走りやめた。僕は何もしなかったから、逃げることはないと思ってね」

庭の垣根の向こうを、ぶち犬がのそのそと這って歩くのが見える。

こんなところにギプスを乾しとくと、犬や野良猫が便をしやしないかな。恰好が恰好だし——」

「便器に見えるのか？」

「いや。僕にはギプスに見えるけれど、犬や猫はそう見ないだろう」

栄介はしばらく考えていた。

「うん。それもそうだ。折角つくったものを、犬猫に使われちゃ困るな」

栄介は戸袋から背を離した。

「すまないが、縁側に引き上げて呉れ。おれは腰が痛い」

彼はベッドに戻った。私は言われた通りにしてやった。生乾きの石膏はぶよぶよして、不気味な感触で、押せば指型がつきそうな感じがする。固まるのに、まだ二日や三日はかかるだろう。いくらか露悪的な気持で、私はそれを縁側に引きずり上げて部屋に運んだ。

「その時の背中の丸め方が、印象に強く残っているんだ」

椅子に腰をおろしながら、私は言った。

「彼はいつもあんな走り方をしたのかね？」

「君が走りやめたとすると――」

栄介は私の質問には答えなかった。

「城介はどうしたんだね？」

「そのまま遊園地の外まで、つっ走ったらしい。その次会った時、そう言っていた」

話している中に、その日の季節感がまざまざとよみがえって来る。

「そうだ。あれは割に暑い日だった。僕は独りになって、もう遊園地にいる気もしなくなって、外へ出て生ビールを飲んだ。きっと初夏だったんだな」

「さっきは売店でおでんを売ってたと、そう言ったが」

「夏だって、おでんは売るさ。遊園地だもの。しかし――」

私は首をひねった。

「何だって城介君は、女の横面をたたいたんだろうな。たたく必要は何もないのに」

「次に会った時、訊ねてみなかったのかい？」

「うん」

「照れかくしだよ、あいつの」

鼻を鳴らすような発音をした。

「照れかくしって、何を彼は照れたんだね？」

「判らないかな。絹を裂くような女の悲鳴、かけ寄って見るとあわや落花狼藉――」

そして栄介は短い笑い声を立てた。

「やっつけてしまった後で、あいつは君という目撃者がいることに気付いたんだ。そこで城介はそれをごまかそうとしたんだよ。次に会った時、聞かなかったと言うのは、うそだろう」

「うん」

私は正直にうなずいた。

「聞いてみたら、惰性だと言って笑っていたね。しかしあの頃、僕たちは二十やそこらぐらいだろう。その年頃で、そんなことで照れるものかねえ」

「じゃ君はどう解釈するんだ？」

「よく判らないんだ。行動的だけれど、目的のない、盲目的な――」

私は言いよどんだ。

「まあ君がバスの階段を、がくがくがくとずっこけたようなもんだね。彼にとってどうしようもなかったんだろう。しかし彼は、その恰好の割には、足は早くなかったようだね。重心が前へ前へと動くのに、足がそれについて行けない」

「早くなかった。でも、おれよりは早かった」

栄介は遠くを見る眼付きをした。

「あいつは逃げ出すことで、いっぺん失敗したことがあるんだよ。ずっと前、中学生の頃だったけれどさ。うどん屋で食い逃げをしたんだ」

「つかまったのか？」

「いや。つかまりはしなかった。しかしそれがあいつの運命を狂わせた」

栄介は小さな溜息をついた。

「おれんとこの地方じゃ、めん類を食わせる店を、うどん屋と呼ぶ。そば屋とは言わないな。うどんが主で、そばはつけたりで、そばなんか食う人はあまりいなかった。暖かい地方だから、そばの出来も悪かったんじゃないか。味もまずかった」

「そうだね。あれは寒い地方の食い物のようだね」

「おれの中学校では、生徒がうどん屋に出入りしちゃいけないことになっていた。父兄同伴ならいいが、単独でだとか、仲間といっしょに入ると、ひどくうるさかった。しかしどうしてあの頃の中学教師たちは、うどん屋にこだわったのかな。別に女が給仕するわけじゃなし、うどんを食って帰るだけの話だからね。でもおれたちは出かけた。禁止されているからこそ、出入りしたくなるんだ。つまりおれたちは子供じゃないと、人に思われたいし、自分でも信じたかったんだろう。おい。またブランデーを注いで呉れ」

「僕にもそんなことがあった」

れいの場所からブランデーを取り出し、彼に注いでやり、私はついでに私のグラスにも充たした。

「袂のある着物をつくって呉れと、おふくろにせがんで、得意になって着て歩いた。すると近所の人が、狼が衣を着ているようだと、批評しやがった。それで当分着るのをやめたよ」

「当り屋という屋号の店だ。学校の近くにあった。うまい店でね」

栄介はブランデーを口の中でころがしながら、何かしばらく考えていた。

「関東ではうどんは馬子の食うものだと思っているが、あれはうどんの食い方を知らない。東京のはうどんの煮〆めだ。あちらのは、当時は手打ちで、薄味で、薬味には細い香ばしいネギが、大井に出してあった。たしかあのネギの名を、ヒトモジと言ったかな」

その当り屋には、店番の婆さんがいた。当時のことで、婆さんと言っても、五十をすこし出たくらいだったか、七十前後だったか、もう彼には覚えがない。とにかくあの頃は、爺さん婆さんの年齢の幅が広かった。順々に年老いて婆さんになるのではなく、気分的に服装的に一挙にがくんと婆さんになったものだ。

その婆さんが、気が強過ぎたのが、いけなかった。あるいは度々そんなことがあって、婆さんも腹に据えかねていたのかも知れない。

城介たちも運が悪かったということも言える。

昼休みに中学校の塀を越えて、城介は級友たち三人と、あたりを見廻しながら、そっと当り屋に入った。当り屋の油障子には、的に当たった矢の絵が、煙にすすけている。奥には大きな釜が据えられ、その下で薪がぼんぼん焚かれているので、いつも湯がぐらぐらと煮立っている。外から入ると、眼鏡がたちまち曇るほどだ。城介らは手をすり合わせながら卓につき、

「素うどん」

「素うどん」

と注文した。うどんが運ばれると、細ネギをごっそりかけ、一息につるつるとすすり、汁まで余さず飲んでしまう。うどんは嚙むものでなく、咽喉で味わうものだというのが、中学生のダンディズムであった。そんな愚かなダンディズムは、どの時代でもどの場所でも、時々見かけられる。

しかし城介たちが当り屋を訪れたのは、単に強がりやダンディズムのせいではなかった。うちから持参した弁当は、二時間目か三時間目の休みに食べ終わって、正午になると腹がすいた

ためである。だからそれほど咎むべき行為ではなかったわけだ。城介はことに空腹のためもあり、三杯もおかわりをした。

そこまではよかったが、金を払う段になって、四人はすこし青ざめた。お互いの懐中をあてにして来ていて、誰も金を持っていなかったのだ。

「困ったな」

「弱ったねえ」

四人は顔を突き合わせるようにして、ひそひそと相談をした。誰かが居残りになり、三人が学校に戻って、金をつくって来る。そんな案も出たが、直ぐに昼からの授業が始まるわけだし、ふたたび塀を乗り越して金を持って戻って来ることは、たいへん危険な作業であった。誰が居残りになるか、と言う問題もあった。その点で三人は二杯ずつしか食べなかったので、

「お前、三杯も食べたんだから、居残りになって呉れ」

城介はそれを拒絶した。当り屋は面白い商法を取っていて、うどん一杯なら五銭、二杯なら八銭、三杯食べると十銭払えばいいというシステムで、それほど当時のうどん屋は競争が烈しく、またみみっちい商売だったのだろう。中学校近くのうどん屋なんて、種物はあまり出ず、やはりうんと食わせることで利を稼がざるを得なかったのだ。またその商法は学生たちの気に入っていた。城介が三杯食べたのも、ただに空腹のためだけでなく、その商法のせいである。

ついに一人が言った。

「仕方がない。逃げようか」

それを提言したのは、城介ではない。しかしその一言が、彼等の気持を一挙に踏み切らせた。

今思うと、上着か帽子をカタに置いて来ればいいのに、その才覚ははたらかなかったようだ。はたらいたとしても、あとの面倒を考えるより、逃げる方がかんたんであった。もう当り屋に行かなきゃ、それで済むのだから。

それともう一つ、城介が居残りを拒否したのは、相手の三人が充分に信用置けないという点もあった。事件のあとで、城介は栄介に言った。なぜそんなバカな真似をしたんだ、という栄介の非難への答えである。

「あいつら三人は、貧乏人じゃないんだ。みんな割に大きな家に住んでいるんだ」

「するとそいつらは、金を出し惜しみをしたというわけか」

「そうじゃない。その時実際に、金は持っていなかっただろう」

城介は苦しそうな笑顔をつくった。

「あんなやつは、おれを居残りにして、そのままにして、平気で授業を受けるんだ。おれは時々、そんな目にあったことがあるんで、イヤだったのさ。それじゃ兄貴、あんまりこのおれが可哀そうだとは思わないか」

衆議一決して、逃走することになった。当り屋のおやじが出前のために釜前から姿を消すのを待って、四人はゆっくりと立ち上がった。店番の婆さんに顔をかくして障子をあけ、そっと道路の様子をうかがい、いきなり走り出した。店番の婆さんがびっくりして、しめ殺される鶏のような声を立てて、立ち上がった。足袋はだしで土間へ飛び降り、四人の後を追って道に飛び出した。

婆さんなので耳も遠いし、眼もかすんでいるだろう。まして追っかけて来ることはあり得ない。と思ったのが、城介たちの誤算であった。婆さんはよたよた走りながら、大声でわめいた。

「こら、待て。こら、待てぇ」

城介は背を丸めて走った。一番遅れて、うしろを見い見い走っていた。

「これはうるさいことになったぞ」

鈍足だったのは、背後が気になったせいでもある。先頭から順々に路地に曲がり込んだ。彼も曲がり込もうとして、婆さんを振り返ると、婆さんは溝板を踏み外して、片足を溝に突っ込み、前のめりに倒れていた。婆さんの絶叫がやんだのは、そのためであった。彼は曲がり角で走りやめた。彼の気持は引き裂かれた。

(このまま逃げようか。それとも戻ってたすけようか)

しかし反射的に、城介は現場にかけ戻った。逃げるのがこわかったのか。これが見捨てて置けるかという正義感だったのか。婆さんはうつぶせになり、地べたをかきむしってうなっている。城介が抱き起こした時、その溝板の家のおかみさんが、不審そうな表情でぬっと顔を出した。城介は早口で言った。

「この婆さんが怪我をしたらしい。よろしく頼みます」

そして彼は婆さんをまた地面に戻し、学校の方に走った。結果としては、これが一番まずかったのである。わざわざ城介が戻らないでも、誰かが婆さんを見付けて、介抱しただろう。すると城介のやったことは、自分の顔をおかみさんに見せるために、かけ戻ったようなものであった。

あとで判ったことだが、婆さんの転んだ怪我は大したものでなかった。ただそのショックのために彼女は発熱して、十日間余り寝込んだ。

うどん屋のおやじは激怒して、学校当局にどなり込んだ。全校生徒の首実検をさせろという要求である。校長も弱ったらしい。首実検で新聞だねになってはたいへんだ。校長の進退にも関係して来るから、いろいろ協議の結果、

「そんな大げさなことはやめにして、生徒の登校下校時を見張って、犯人を探し出す」

ということで話がついた。

それで困ったのは、城介である。城介が一番よく顔を見られているし、彼一人なら裏門からでも、塀を乗り越えても登校出来るが、彼そっくりの栄介という双生児がいる。あのおかみさんがそれを見逃す筈がない。思い余って城介は、父親の前に坐って首を垂れた。

「お父さん。ぼくはもう学校をやめる」

「なぜだ?」

福次郎は驚いて反問した。

「もう学問がイヤになったのか?」

「それもあるけれど、実は――」

それを栄介が知ったのは、城介から聞いたのではなく、福次郎からである。栄介は城介を責めた。

「どうしておれに相談しなかったんだい。うどんの食い逃げはよくないが、それだけなら停学の十日ぐらいで済んだ筈だよ」

「それがダメなんだよ。兄貴」

城介は父親の命で、長持の置いてある薄暗い納戸(なんど)に謹慎させられていた。仕事と言えば裏の菜園の草むしりとか、風呂の水汲みぐらいで、外出出来ないものだから退屈して、精力を持て余しているように見えた。

「昔からおれはそうなんだ。学校の水泳で、立入禁止区域で泳いでいると、足がつって溺れかかるのはいつもおれだし、運動場で雪合戦をやっていると、おれの雪玉はいつも先生の頭にぶっつかるしさ。要領がてんで悪いんだ」

「しかし今度のことは――」

「それだって婆さんが飛び出して来なきゃよかったんだ。要領というより、運だね。いつも悪い運がおれに廻って来る」

「お前は自分でそう思っているだけだよ」

栄介は彼にそう言った。しかし言っても、もう追いつくことではなかった。

（おれに相談しなかったのは、おれからとめられることを心配したのか？）

後年になって、栄介は時々考えた。

（とめられると、学校をやめる決意がぐらつく。それをおそれたのかな？）

しかし栄介は、その時城介が学校をやめたい気持が、判らぬでもなかった。栄介自身もこの固苦しい学校のよどんだ空気に飽き飽きしていたからだ。

福次郎は息子の告白を聞いて、早速学校をやめさせる決心をした。そして一人で校長に面会した。

四

「おやじの背中も、その頃からそろそろ丸くなり始めていた」

ギプスは床に置かれていた。横眼でそれをちらちら見ながら、栄介は私に言った。見たくはないが、どうも気になると言った風情である。

「自分で餅をついたりしていた頃は、まだしゃんと伸びていた。齢のせいじゃなく、もしかすると、気分的な理由からだろう」

「気分的？」

「気分的というより、職業の問題があったのかも知れないな」

栄介は憮然として顴骨のあたりを押えた。城介も顴骨が出ていたが、栄介もそうだ。近頃痩せたと見え、ことにそれが目立つ。

「おやじは実は県庁をやめたのだ」

「そのためにかね？」

「いや。ずっと前だ。おれに竜介という兄があることを、君に話したかな。その兄ももう死んでしまったけれども」

竜介は彼よりも八つ上であった。写真があるから思い出せるけれど、現実の竜介の印象はほとんど彼には残っていない。顔の青白い、髪が額に垂れ下がって、むっつりした男であった。弟を可愛がることを、いや、話し合うことをほとんどしなかったのは、年齢が隔たっていたせいもあるだろう。弟たちを相手にするには、鬱屈したものに充ちあふれていたためかも知れない。しかし栄介はひとつの情景を思い出す。彼がまだ小学校に入らない、幼ない時のことだ。夫婦喧嘩があった。

「あたしは実家に帰ります」

母は涙で顔いっぱい濡らしながら、納戸にある箪笥の引出しをあけ、唐草模様の風呂敷に、自分の着物をごしごしとつめ込んでいた。

「竜介だけは、あたしが連れて帰ります」

茶の間には、皿や碗が散乱していた。福次郎が箱膳を蹴飛ばしたからである。彼の家では、父親だけが箱膳を使い、他の家族はチャブ台で食事することになっていた。

「もう絶対に戻って参りませんから――」

どんな理由で、父親と母親が衝突したのか判らない。しかし彼の記憶では、彼等はすでに食事を終わっていたので、福次郎は遅く戻って来たのだろう。そして酒に酔っていた、と栄介が今思うのは、皿小鉢といっしょに、畳の上に廻転焼き（タイコ焼きみたいなもの）が散らばっていたような気がするからである。福次郎は酔って戻る時、いつもお土産に、廻転焼きを買って来る習慣があったのだ。

「お母さん。待って。行かないで！」

幼ない栄介は泣き叫びながら、母親の背にしがみついた。母親の背中はかたくなに動かず、背中全体で栄介を拒否しているように感じられた。しかし必死に彼はそれに取りすがった。

「お母さん。行くんなら僕も連れてってえ！」

兄の竜介はまっさおな顔で、部屋のすみに立ちすくんでいた。納戸は暗かった。裸電燈が天井からぶら下がっていた。電圧も低かったのだろう。あの頃の電球は、今のと違って、下部が丸くつるつるとはしていない。するどいトゲみたいなものが突出していた。中を真空にするためにこんなトゲが出来るのだと、栄介はいつか福次郎に教えられたことがある。そのために、頭にぶっつけないように、電球は必要以上に高く吊られていた。暗かったのはそのせいでもあった。

「お母さん。お母さん」

栄介は泣きじゃくりながら、子供心に、おれは今おやじを裏切りつつある、という風なことを、心の中でかすかに感じていた。福次郎は散乱した食器を前にして、一言も口をきかず、欝然としてコップ酒を傾けていた。その情景の記憶は、それで途切れる。

おそらくそのいさかいの原因は、他愛もないものだったのだろう。栄介はそう考える。結局母親は実家に戻らなかったからだ。戻ったとすれば、その記憶が残っていない筈がない。しかしその情景は、かなり長い間、彼の心に傷痕を残した。

(お母さんはおれよりも竜兄さんの方を可愛がっている。おれなんかはお母さんにあまり必要でないのだ)

父親への裏切りという罪悪感も、そこにあった。しかし今の栄介には、別のやり切れない疑問が、その情景に重なって来るのである。

その竜介は中学校を卒業して、上級学校の受験に再度失敗した。ぶらぶらしている中に、思想的に赤化した。福次郎は生涯それを口に触れたがらなかったし、栄介もはばかって聞こうとしなかったので、詳細なことは判らない。今更調べる由もない。

竜介についての最後の記憶は、肺病院である。竜介は留置場で発病、というより病気を悪化させ、出て来て病院に入り、間もなく死んだ。栄介はその暗欝な病棟の光景は思い浮かべるが、竜介の死貌に対面した記憶はない。おそらく病室に入らせてもらえなかったのだろう。病院の門を入る時、福次郎は、

「さあ。これからお前が長男だぞ」

と栄介に言った。

「しっかりやらなきゃあ」

栄介にと言うより、自分に言い聞かせるような口調であった。しかし栄介には、自分が長男になった、という実感は全然湧いて来なかった。

福次郎はこの時すでに県庁に辞表を出していた。それを栄介が知ったのは、まだ後のことである。息子が赤化したとあっては、役人の職にとどまることは出来ない。詰め腹を切らされたのだ。しかし福次郎の、

「しっかりやらなきゃあ」

という台辞（せりふ）には、暗さや哀しさはほとんど感じられなかった。それ故にこそその言葉は、今の栄介にとって、千鈞（せんきん）の重みを持ってのしかかって来る。

「葬式の時、お母さんは泣いたかね？」

私はブランデーを舐（な）めながら、栄介に訊ねた。幾分残酷な質問とは思ったけれども。

「きっとお母さんは美人だっただろうね」

「うん。美人だった。写真を見ても判る。うちのとは比較にならん」

彼もグラスを三杯ほどあけ、頬を染めていたので、口のすべりがややなめらかになっていた。

「でも、人間の記憶って、へんなもんだな。線としてはつながっていない。ところどころがぽつりぽつりと残っているんだな。強烈なとこだけが残って、あとは消え失せてしまうんだ」

「誰だってそうだよ」

「葬式はやった筈だ。ところがどこでやったのか、どんな具合に行なわれたか、おれは覚えてない。だからお母さんが泣いたか、泣かなかったかと言うことも――」

後年栄介は東京の居酒屋で、城介と酒を酌み交わしながら、何かの調子であの夫婦喧嘩のことを話題にした。すると城介はそれを覚えていなかった。

「へえ。そんなことがあったのかい?」

「あれ。お前、覚えてないのか」

栄介は驚いて反問した。

「あれは夜だったから、お前がそこに居なかった筈はない」

おれがあれほどショックを受けたのに、城介は何も感じなかったのだろうか。しかし城介はウソをついたり、とぼけたりするような男ではない。やはり記憶の点と点との間に消失してしまったのだろう。

「県庁をやめさせられて、おやじもずいぶん困ったらしい」

栄介は枕の位置を変えながら言った。

「あれは不景気な時代だったからな。でも、学校時代の友人が経営している小さな会社に、やっと入ることが出来た」

「職業の問題って、それなのか」

私は訊ねた。

「そうだよ。役人というやつは、今でもそうだが、昔だって同じで、民間人に対して反りくり返っていた。つまり高姿勢だったということだ」

「君のおやじさんも、反りくり返っていたのかね」

「かどうかは知らないが、一般的な傾向としてはそうだったね。それが小さな会社勤めになり、ぺこぺこする立場になったわけだろう。背中がすこしずつ前屈して来るのも、当然だと思うな」

それは冗談めいた口調であり論議であった。私は栄介の父親に、もちろん会ったことはない。痩せて筋張った、生活に疲れたような中年男を、漠然と想像するだけである。

「おやじはそして校長に会いに行った。こんな不面目なことをしたから、城介を退学させたいと申し込みにね。それがいさぎよい行為だと、おやじは信じたんだ」

しかしそれは早まり過ぎたことだと、栄介は考える。おそらく福次郎には、死んだ竜介のことが頭にあったのではないか。若い者を放って置くと、何を仕出かすか判らない。仕出かす前にきまりをつけて置かねばならぬ。その意識が福次郎に早急な手段を取らせたのだ。

しかし事態はそうかんたんには行かなかった。校長は言った。

「退学は認めます。認めますけれども――」

その校長は小心翼々たる男で、下積みから営々と成り上がって来たせいで、保身のみを考えているような人物であった。地方の小中学の校長にしばしば見られるタイプである。こんな校長をいただく学校は、教師も生徒もおおむね生彩がない。教師たちはその校長のことを、キガネ校長とかげでは呼んでいた。視学や世間態に気がねばかりしているからだ。

「その退学願いを、あの事件以前の日付けにしていただけませんか」

キガネ派だけあって、言葉は丁重であったが、内容はそうでなかった。つまり城介を事件以前に退学させれば、うどんの食逃げの主犯はここの生徒ではなかったということになる。学校の名誉は傷つかない。福次郎は内心憤激したが、言葉はおだやかに断わった。

「そういうことは出来ません。在学中にやったことですから、それに対して責任を取ろうと言うのです」

「それは判りますがね」

校長は金ぶちの眼鏡を外し、布でレンズを拭きながら言った。

「あの事件のために退学処分をさせられるのと、家庭の事情で自発的に退学を願い出られるのとでは、大きな違いがあるんですよ。城介君の将来のためにね」

「家庭の事情って、たとえば――」

「学資が足りないとか、あるいは転校するためとか――」

校長は老猾(ろうかい)な言いくるめにかかった。福次郎は再度拒絶した。竜介の死以後の不遇が、かなり福次郎の気持を頑固にしていた。

「それは出来ません」

福次郎の言葉はやや荒くなった。

「食い逃げをしたのは、わたしの息子だけじゃない。あと三人いる筈だ。その生徒たちの処分は、どうなさるつもりですか？」

もしも福次郎がまだ県庁の役人だったら、校長もこんな態度に出ることはなかったであろう。県庁なら学務課や視学課があるので、校長はむしろ城介をかばう立場に立ったに違いない。しかし福次郎は不幸にして職を追われ、今は小会社の庶務係に勤めている。無論校長はそれを知っていた。

それで最初の会談は、こうして物別れになった。

そういう状況を栄介は、後年福次郎のときどきの述懐で知っただけで、その時は何も知らされなかった。しかし大体のカンで判っていた。

教頭や何人かの洋服男が、暮夜しきりに矢木家にやって来た。座敷でひそひそ話をして、そっと帰って行った。

城介といっしょに食い逃げをした三人の父親は、一人は裁判官、一人は電鉄重役、一人は医師である。それを城介は知っていたし、栄介も知っていた。来訪する洋服男たちは、その父親か、それに関係した男たちであることを、栄介たちは本能的に察知していた。来客があると、栄介たちは納戸に追いやられたので、具体的に話がどんなに進行しているかは判らなかったけれども。

「あいつら、事件のもみ消しにやって来るんだよ」

薄暗い納戸の、長持に背をもたせかけて、城介は嘲けるように言った。

「おれだけを犠牲にして、自分たちの息子をたすけようとしてんだからねえ。うんざりするよ」

栄介はそんな城介の言葉に、調子のいい相槌を打つことは出来なかった。城介はもう退学の腹をきめ、追いつめられた猛獣の姿勢を取っていた。なぐさめの言葉も今さらそらぞらしかったし、またこの問題は城介だけではなく、栄介にからまって来てもいる。城介は退学すれば済むが、栄介はあと何年間かそいつらと同級生として過ごさねばならないのだ。

そしてついに福次郎は折れた。

「折れたと言うのは――」

私は訊ねた。

「つまり説伏されたということかね」

「そうだよ」

栄介はまぶしそうな眼で、またグラスを口に運んだ。疲労の色が、ありありと表情に出ている。

「その間学校側でも、当り屋といろいろ交渉していたんだな。婆さんの治療費や慰藉料を充分に払う。だから我慢して呉れと言うようなことをさ。当り屋としては、実質的には食い逃げの損害だけで、婆さんの怪我も皆で袋だたきにしたわけじゃないし、追っかけ方が悪くて転んだんだからねえ」

「それに客商売という弱味もあるんだろう」

「もちろんそれもある」

栄介はうなずいた。

「学校側といざこざを起こしちゃ、出前がとれなくなるおそれがある。当り屋としては、充分な金さえもらえればいいんで、どちらかというと、犠牲者を出したくなかったんだ」

「うどん屋の気持が、どうして判るんだね?」

「おれは中学を卒業して、一度当り屋に行ったことがある。もちろん文句をつけにじゃなく、うどんを食べるためだ。するとおやじが出て来て、あなたさんの兄さんにも御迷惑かけましたなあ、とあいさつをして、天ぷらうどんをタダで御馳走して呉れた。城介の方を兄貴だと思ったらしいんだね」

「その天ぷらうどんを、君はタダで食べたのかね。イヤだと言って、金を払おうとはしなかったのか」

　私は訊ねた。

「僕なら、いや、若い時の僕なら、そうするよ」

「いや、甘んじて御馳走になったよ」

　栄介は口を歪めて笑った。

「意地悪爺さんに似合わない、壮士芝居のようなことを言うなよ。おれは腹がすいたから行っただけで、仇討ちに行ったわけじゃない。しかし、その天ぷらうどんはうまかった。天ぷらうどんと言うと、君はエビか何かの天ぷらを考えるだろうね」

「うん。衣ばかりが大きくて、中身は小さいやつをね」

「おれの地方じゃ、天ぷらうどんと言うと、そんなものじゃない。うどんの上にサツマ揚げが乗っかってんだ」

「サツマ揚げ？」

　私は失笑した。

「なるほどね。サツマ揚げも天ぷらの一種には違いないが、少々貧乏たらしい感じがするな」

「いや。それが貧乏たらしくないんだ」

　栄介は断乎として言った。

「おれんちの方は、魚が新鮮で安い。サツマ揚げにしたって、へんなまぜものが入ってない。

つまり東京のサツマ揚げみたいに、粗悪なものじゃないんだ」

「それはそうだとしても――」

「いや。東京風の煮〆めたうどんに、お粗末なサツマ揚げを入れたら、これは食えたもんじゃなかろう。別に東京の悪口を言うつもりはないけれどね」

「食べてみなくちゃ判らないな」

「そうだ。食べなくては判らない」

栄介は窓の方に眼を移し、空をしばらく眺めた。昨日と違って空は雲が多く、風にしたがって刻々形を変えている。

「おれは当り屋で、その天ぷらうどんを二杯御馳走になった。そして帰って来た。ただそれだけの話さ」

「婆さんは？」

「婆さんはいなかった。隠居したか、もうその時生きていなかったのかも知れない。今日は風が強いようだな。寝てばかりいると、気候の変化が、どうも身にしみて判らない」

彼は視線を私に戻した。

「三人の父親から相当な金額が、当り屋に支払われた。つまり示談金というわけだね。そのおかげで、三人の生徒は処分を免かれた。そして城介は、事件以前の日付けで、退学することになった。三方一両損という落語があるが、こりゃひでえもんだね」

「城介君が一番悪いクジを引いたということだな」

栄介は弱々しくうなずいた。

「でも、仕方がなかったんだろう。おやじも弟もね。君が見た標識柱の交通事故みたいなものだ。城介が被害者とすれば、直接的な加害者は当り屋の婆さんということになる。ところが婆さんを取っちめても、どうにもなることじゃない」

栄介はくたびれたように、眼を閉じた。私はしばらく別のことを考えていた。


「東京に奉公に出るんなら、葬儀屋がええ。戦争はこれからもっと拡がるから儲けにはこの商売が一番だ」

そう言い出したのは、伯父の幸太郎である。幸太郎は咽喉もとにはみ出たコブをつまむようにしながら、しきりに言った。というよりも、むきになって主張した。

「東京のわしの知り合いに、たいへん繁昌している葬儀屋がある。そこに行かせろ」

なぜ幸太郎はそんなことに、むきになって固執したのだろう。戦争が進行すると、戦死者が出て、それだけ葬儀社の収入は殖える。それはそうかも知れないが、それだけの理由で、そう主張したわけではあるまい。彼はその時怒っていたのではないかと、栄介は今ときどき考える。身内から不名誉な退学者が出たこと、それを弟の福次郎が自分に相談せず、勝手に処理してしまったこと。

（他の有力者たちの伜たちは、たすかったじゃないか。だからおれにさえ相談して呉れれば城介も――）

一時ほどは旦那風を吹かせなくなったが、幸太郎は彼の家にとって、やはり本家の旦那であった。双生児が生まれた時も、喜んだのはむしろ幸太郎で、彼が生まれた土地の城の名を栄城と言い、それを割って二人に命名したことでも判る。つまり彼は二人の名付親に当たるのだ。しかし、その時、

「栄介城介の二人の中、勉強の出来る方の子の学資を出してやろう。そのかわりに自分に子供が出来なかったら、その子をわしの養子に呉れ」

と後年、福次郎に申し出るほどの遠慮深謀はなかっただろう。幸太郎もまだ若かったし、それを予想出来ない筈だから。

栄介は今もぼんやりと憶い出す。親しい兄弟なので、訪問するには庭先に廻ればいいのに、かならず玄関の扉をがらがらあけて入ってくる。彼は案内を乞うことをしない。そのままずかずかと上がって、玄関に続く座敷にぴたりと坐ってしまう。

「福、いるか？」

幸太郎は弟のことを、福、あるいはお前、と呼んだ。幸太郎の声は大きく、がらがらしているので、家中にひびいた。

話の眼目は、大体こうである。退学届を出した以上、ここの有力者である自分（幸太郎は自

らのことをそう言った）が、校長に談じ込んでも、もうムリだろう。校長も面目上受けつけないに違いない。

「なあ、福。お前のやり方もまずかったが、出来たことはもう仕様がない。それで城介の身のふり方をどうつけるかだ――」

しかし〈有力者〉と自称しても、幸太郎はその土地の海産品問屋に過ぎず、校長に圧力をかけられたかどうか、疑問である。もっとも彼はおやじゆずりのその店を、大正時代の好況不況の波をうまく切り廻し、二倍に拡げてしまったのだ。運がよかったせいでもあるが、幸太郎は運のことは考えず、自分の実力を過信していたようだ。それが実直な弟に対する態度にあらわれていた。実直だけでは、この世は渡れない。

「このまま放っといて、竜介のようになると、お前は困るぞ」

その点では福次郎も同感であった。

「それはそうだが――」

「だから葬儀屋に奉公させろと、わしは言っているんだ。手に職をつけとけば、あとはどうにもなる。人間が生きている限りは、葬儀屋という商売はなくならない」

あるいは幸太郎は子供の頃、日清戦争で戦死者の葬列が、毎日のように道を通っていて、その印象が強く残っていたのだろう、とも思う。そしてそれが城介の身のふり方に、結びついた。

「葬儀屋というのは、卑しい商売じゃない。あれがあるからこそ、わしらは安心して死ねるのだ」

「兄さん。そう勝手に押しつけては困るよ」

福次郎は低い声で答えた。

「も一度当人の考えも聞いて見なけりゃ」

他人の都合や思惑で自分の家族の進退を決められることは、いくら小心な福次郎にとっても、心外なことである。しかし校長に対する時と同じく、結局福次郎は折れた。外部の圧力に屈したわけでなく、城介がそれを承諾したからである。

こうして城介は上京して、葬儀屋の見習いとして奉公することになった。

上京する前夜、城介を送るささやかな送別会が開かれた。招かれもしないのに、幸太郎は酒や海産品を手土産にしてやって来た。れいのように、案内も乞わず入って来て、床柱を背にして、大あぐらをかいた。上座にいた城介は、自然追いやられるような形で、次の座にすべり落ちた。

「何だ。もう始めおったのか」

土産物を床の間に置き、幸太郎は言った。

「城介。あちらに行っても体に気をつけて、しっかりやるんだぞ」

すでに酒の気が入っているせいか、幸太郎は割に好機嫌であった。時々冗談を言って、家中にひびき渡る高笑いをした。自分の言い分が通ったから、好機嫌になったのではない。なぜなら幸太郎の言い分は、福次郎の家で通らないことはほとんどなかったのだから。

その幸太郎の態度に、栄介はかすかな憎しみとおそれを感じた。栄介は黙々として御馳走のスキヤキを口に放り込んでばかりいた。

五

あのギプスを見てから二十日ぐらい経って栄介からハガキが来た。頼みたいことがあるから来て呉れ、というかんたんな文面だ。三日目に私は彼を訪れた。縁側のキャンバス製の寝椅子に、栄介はながながと背を凭(も)たせ、本を読んでいた。

「もう背中はいいのかい？」

丸椅子に腰をおろしながら、私は訊ねた。

「うん。ほとんどいい。あと十五日も経てば、学校に出ようと思っている」

二十日前にくらべると血色も良くなり、無精髯も剃って、身ぎれいになっている。ただ頭髪が伸び過ぎて、後頭部の裾毛(すそげ)がもじゃもじゃと襟からはみ出していた。私の視線に気付くと、彼はうるさそうにそこらを撫(な)で廻した。

「床屋にも行こうと思うんだがね」

彼は弁解がましく言った。

「まだあの床屋の椅子に、一時間辛抱する決心がつかないんだ。背中が――」

「僕に刈って呉れと言うんじゃあるまいね」

「まさか」

彼はわらった。

「君に刈らせるぐらいなら、女房に刈らせる。女房は本職の美容師だよ」

彼はのろのろと寝椅子から立ち上がり、書斎に入って行った。もう杖は使っていなかったが、背骨をいたわる気分からだろう、動作は緩慢(かんまん)であった。わざとそうしているのかとも私は思う。もっとも彼は昔からのそのそして、不器用なところがあった。バスの階段をずり落ちたのも、そのためだ。

「用事というのは、これなんだがね」

戻って来て元の形に寝そべりながら、彼は一枚の封筒を差し出した。封筒は古ぼけて、ところどころにシミさえついていた。

「この差出人を探し出してもらいたいんだ」

「そんな仕事を僕に――」

私はあきれて言った。

「それで僕を呼んだのか。僕は私立探偵じゃないんだよ」

「判っている」

栄介は言った。

「探偵みたいなやり方で探して呉れと、言ってんじゃない。よく近頃の新聞に、何々をゆずって下さいとか、戦時中どこそこにお住いの何某さんを探しています、という欄があるだろう。あれに出してもらいたいんだ。おれが行けりゃ、新聞社に行くんだが――」

「学生を使ったらどうだね。この間の国立病院行きのように――」

「いや。これは私事だから――」

栄介はあいまいな言い方をした。

「その探し主を、実は君の名にしてもらいたいんだよ」

「なぜ？」

「おれは新聞にあまり自分の名を出したくないんだ」

身勝手なことを言っている、と私は思ったが、念のために聞いてみた。

「この封筒の差出人って、誰だね？」

「加納と言って、城介の友達だ」

そして栄介はしばらく眼を閉じていた。どう説明しようかと、考えているらしい。やがて言った。説明ではなかった。

「どうだね。引き受けて呉れるかい？」

「急ぐのか。十五日も待てないほど？」

「急ぎやしないがね。でも、なおってしまうと、おれも忙しくなるだろう」

栄介は皮肉な笑い声を立てた。

「暇なうちに、その男に会うか、手紙を出してみたいんだ。だから早いとこ、ことの続きやつながりを知りたいんだよ。君のようにね」

「君は暇過ぎるんだな」

家政婦が運んで来た紅茶をすすりながら、私は言った。

「じっとしている分には、痛くも何ともない。それなのに動けない」

彼はうなずいた。素直にうなずいた。

「外界に触れないから、考えがとかく後向きになりがちなんだ。まだ後向きになる齢じゃなかろう」

「そうじゃないよ。おれは現在のことを考えているんだ」

栄介は大きく呼吸をした。

「でも、時々ギプスの形を見ると、城介やその他の人たちのことを考える。判らないことがたくさんあるんだ。もっとも判らなきゃ、判らなくても済むことなんだが――」

城介につきそって駅まで行ったのは、栄介だけである。駅もその街のではなく、わざわざ次の駅をえらんだ。どういうわけでそうなったのか。父親の意向なのか、幸太郎の考えからなのか、それとも城介がそう希望したのか、栄介はもう覚えていない。とにかく大きな荷物を持っ

ての長旅の恰好なので、人目をはばかるおそれがあったのだろう。もし知人に会えば、

「どこへ、何をしに、行くのか」

と質問され、されないにしても疑問を持たれるにきまっている。退学事件との関連で、それは具合が悪いのだ。

あたたかい日であった。荷物を持って歩くと、背がじとじと汗ばんで来るのが判る。すこし早目に家を出たので、駅についた時、まだ一時間ほどの暇があった。荷物を小荷物に託し、二人は身軽になって駅舎を出た。

「兄貴、うどんでも食べようか」

城介は空を仰ぎながら、冗談めかして言った。家を出る時は緊張して青い顔をしていたが、今は明るい表情になっている。しばらく納戸に蟄居させられて不自由だったのに、今はさんさんたる日光の下で自由に動けるので、それが城介の気持を開放的にしたのだろう。

「うどんも当分食いおさめだからな」

「うどんなら東京にもあるだろう」

栄介は答えた。

「でも、食べてもいいな」

駅前に小さなうどん屋があった。そこののれんをくぐった。女中が二人の顔かたちを、ちょっと驚いた眼で眺めた。二人ともそのような視線に慣れていた。ふた児だな、という好奇の視線に。

「天ぷらうどんを二つ呉れ」

そして城介は大人ぶった声でつけ加えた。

「ついでに酒を一本」

女中が奥に入ったあと、栄介は城介に聞いた。小さな声で。

「お前。酒飲むのか。好きなのか？」

「いや。好きじゃない。いつか台所におやじの残り酒があったから、飲んだら顔がほてって仕方がなかった」

栄介は黙っていた。酒とうどんが来るまで、沈黙が続いた。酒をコップ二つに分け、にがそうに飲み干した。うどんに箸をつけながら栄介は言った。

「城介。お前、憂欝じゃないのか」

「何が？」

「東京にひとりで行くことだよ」

「いや」

うどんを口に入れているので、城介の声はくぐもった。

「憂欝じゃないこともない。でも、ここで奉公するよりも――」

中学の中途退学では、まともな職はなかった。その頃は不景気の時代、学校出でもろくな職はなかったくらいだから。したがって仕事と言えば、どこかに奉公するしかなかった。福次郎は城介に、昼間は会社の給仕になり夜学に行ったらどうか、と勧めたが、城介は拒否した。

「僕はもう勉強はイヤになった」

勉強がイヤになったのではなく、正規の中学から夜学へ移る、その方にイヤさの重心がかかっていたのだ。この土地で奉公するのも、同じような意味で面白くなかった。事件の共犯者たちが通学しているのに、同じ街でこき使われる。

「どうせこき使われるなら、数百里離れた東京の方がいいと思ったんだよ」

酒と熱いうどんのために、二人の顔はほてって赤くなっていた。

「でも幸伯父は、葬儀屋なんて、へんな知り合いを持ってるなあ」

栄介は言った。

「昨夜、お前がやり方を覚えて戻って来たら、開店の資金は出してやると言っていたな」

「酔っぱらっていたからだろう」

「いや。案外本気な口調だったぞ」

頭や体がじんじんするのを感じながら、栄介は言った。

「自分の葬式を出させようという魂胆かも知れない」

城介は突然大きな声で笑い出した。

「その時は半額ぐらいでサービスしなくちゃいけないな」

笑いを収めて、城介は言った。

「兄貴。心配しなくてもいいよ」

「何を?」

「葬儀屋のことさ。おれ、葬儀屋って、どんな手順でやるか知らないが、とにかく力仕事じゃないだろう。その点で、おれは気に入ってるんだ」

「そりゃそうだが——」

と言いかけて、栄介は口をつぐんだ。二人の間で葬儀屋の話が出たのは、これが始めてである。あの複雑な思いが栄介の胸をよぎった。

「さあ。そろそろ出るか」

栄介の気持を察したように、城介が言った。

「食い逃げするわけにも行かないと」

「おれが払うよ」

「今のは冗談だよ」

城介は財布を引っぱり出した。

「餞別もらったから、たっぷりある」

勘定を済ませて、二人は外に出た。いきなり明るいところに出たので、眼がちかちかして、地面が揺れているような気がした。栄介は初めて酔いというものを意識した。

東京行きの切符と入場券を買い、プラットホームに出た。プラットホームの彼方は一面の麦畑で、麦穂が黄色く熟れている。子供たちがそこらで草笛を吹きながら遊んでいる。空気はよどんで動かないが、風景はことのほか鮮烈に栄介の眼に迫って来た。プラットホームの端に、駅長か駅員が育てたのだろう、ケシの花が群をなして咲いていた。二人は歩いてその前に立った。

「これ、何の花か、知っているか」

栄介は言った。

「ケシの花だ」

「知っているよ」

「これから阿片がとれるんだ」

あやふやな気持で、栄介は説明をした。

「阿片というのは、麻薬だよ。のんでいる中に、中毒になる」

ケシにもいろいろ種類はあるだろうし、またそのどの部分をどうすれば阿片がとれるのか、栄介は知らなかった。もったいぶって説明したのは、ただ汽車到着までの時間稼ぎに過ぎなかった。とかく別離のための汽車を待つのは、間が持てないものだ。

「そうかい」

城介はあまり興味を示さず、他の景色の方ばかりを眺めていた。彼方から汽笛の音が聞こえて来た。

「兄貴。もし大学まで行けるようになったら、東京の大学にして呉れよな。おれも話し相手が欲しいから」

「うん」

栄介はうなずいた。

やがて汽車が到着した。小さい駅なので、停車時間も短い。城介は彼から顔をそむけるようにして、すたすたと乗り込んだ。城介が座席を確保するのを見届けた時、汽車はごとんと動き出した。城介はとうとう彼の顔を見なかった。

「これがあいつの見おさめかも知れない」

切ない思いで、彼は汽車を見送っていた。だんだん遠ざかり、しだいに小さくなる。すっかり姿を消した瞬間、彼は前のめりになりそうになって、かろうじて足を踏みしめた。汗がびっしょりと額にふき出して来た。

「この前君はくたびれて、うとうとしていたから、僕はそっと帰った」

「その時聞こうと思ったんだが、城介君がうどんの事件を起こした時、喜びの気持が君の胸のどこかに動いていなかったかね？」

「なぜ？」

「城介君が退校となれば、君は大学までの学資を確保出来たわけだろう。幸太郎氏が二人の中の一人に学資を出してやる、という約束だった筈だね」

「約束はそうだった」

栄介はゆるゆると背を起こした。

「しかし喜ぶ気持は全然なかった。君に兄弟あるかね」

「いるよ」

「兄弟で何か競争して、相手が失脚すると、うれしいような気持になるか」

「さあ」

私は口ごもった。

「そ、そんな立場に置かれたことがないから、よく判らない。すると君はやはり城介君を可哀そうだと思ったわけだね」

「それとも違う」

栄介はもじゃもじゃ髪を両手でかきながら、しばらく考えていた。

「おれはふた児として生まれた。ひとりで生まれた経験がないんで、断言は出来ないけれど、ふた児同士には特別の感情の交流があるんじゃないかな。たとえば僕には竜介という兄と、他に弟と妹が一人ずついる。それらに対する感情は、やはり城介に対するのと違うものね」

「年齢の差からかな」

「そうだろうね。同じ胎内に育って、同じ日に生まれた。何かを分け合った、つまり分身、自分の分身だというような——」

「初めからかい。その感じは」

「いや。初めはそうじゃない。これが自然であたりまえと思っていた。いや、思いもしなかった。ずいぶんフケが出るな。久しく頭を洗わないもんだから」

彼は膝の上のフケをはらった。

「小学校に入って見ると、友達はみんな別々の顔をして、同じような顔のは一組もいない。そのへんからだろうな。実感として出て来たのは」

私は庭にへばりついているゼニ苔を眺めていた。この前に来た時にくらべると、ずいぶんはびこっている。

「城介が他のやつと喧嘩をすると、おれが加勢に出るし、おれがやると城介がかけつけて味方になった。仲良く協力して、外敵に当たった。ところが家に帰ると、他愛もないことで、おれたちはよく喧嘩をし合ったもんだ。へんなもんだね」

「じゃれ合ったというわけか」

栄介はふんと鼻でわらって、返事をしなかった。

「しかし汽車が動き出した時、これが見おさめかと思うなんて、少しオーバーだね。感傷なんだな。現実には東京で再会しているんだから」

「いや。今でもおれは人と別れる時、これが見おさめかと感じることが、時々ある。時々以上にある。その直感はたいてい当たらないけれどね。あの下関で城介を見送った時の感じが、心のどこかで尾を引いてるのかも知れない」

六

昭和十三年十二月の下関市は、栄介の記憶によると、非常に暗い街であった。もちろん気分や情緒的に暗いのではなく、実際に光がすくなかったのだ。

「あの日は燈火管制でもやっていたのかな」

彼は時々そう疑うが、昭和十三年頃に燈火管制をするわけがないし、また店や飲み屋も開いていたので、管制でも演習でもなかった筈である。十二月は一番日が短い時節で、彼等二人は午後六時頃、下関に着いた。東京の明るさに慣れていたので、実際以上に暗く感じられたのだろう。

栄介は空のスーツケースを提げていた。

城介に召集令状が来た。電報が来たというので、栄介は言った。

「おれもいっしょに帰るよ。丁度冬休みだし、下宿で正月を過ごすのも侘しいから」

令状にはただ、十二月某日下関に集合せよ、とあるだけで、どこの聯隊か部隊に入るのか、何も書いてなかった。空のスーツケースは城介の私服や私物を入れて帰るためのものである。

栄介は大学生の制服姿で、城介は背広を着ていた。曇り日で、空は一面暗かった。

「寒いな。下関というところは」

「港街だからだろう」

城介は外套の襟を立てながら答えた。

「おや。雪だよ」

粉雪がちらちらと肩に落ちて来たが、すぐに止んだ。

指定の場所で手続きを取る間、栄介は近くの喫茶店に入り、あたたかいココアを注文した。丁度それを飲み終わった時に、城介は急ぎ足で喫茶店に入って来た。腰をおろすなり小声で言った。

「やはり外地行きらしい」

「外地って、どこだ？」

「聞いたけど、教えて呉れなかった」

城介はタバコに火をつけた。マッチを持つ手がすこし慄えている。

「朝鮮か満州だと思うんだがね。今晩はここ泊まりで、明日乗船だ」

「兵舎に泊まるのか」

「いや。民家だ。地図を書いてもらった」

そして城介はコーヒーを注文した。

「台湾だといいんだがねえ。おれ、寒さが一番にが手なんだ」

「台湾かも知れないよ」

「でも台湾じゃ戦争をやっていない。どうしても北方だな」

コーヒーを飲み終えると、二人は外に出た。地図をたよりに歩き出した。彼が覚えているのは、その町筋の暗さである。下関市民は早寝をする習慣があるのか、寒いので戸をしめ切っているのか、おそらく後者だったのだろう。三十分ぐらいかかって、その民家を探し当てた。軒の低い家並の中で、その建物はぬっと夜空にそびえていた。

「どうもここらしい」

城介は足をとめた。

「入って聞いて来るから、ちょっと待ってて呉れ」

くぐり戸から城介は入った。栄介は道の真中に佇(た)って、その建物を観察した。酒粕のにおいが、かすかにただよっている。彼の小学校の友達に造酒業の伜がいて、二、三度その家に遊びに行ったことがある。その家や塀の感じが、暗がりではっきりしないけれども、ここと共通したところがあった。

「ははあ。造り酒屋なんだな」

彼は思った。

「杜氏(とうじ)の寝る部屋にでも泊まらせられるのか。寒いだろうな」

やがて城介が出て来た。元のままの服装である。

「十時迄にこの宿舎に入ればいいそうだ。それまで遊ぼう」

「そりゃよかったな」

城介は建物を見上げ、その形を確認した。それから盛り場と思われる方向に、二人は歩き出した。

先ずパチンコ屋に入って、パチンコをやった。という風に彼は覚えているけれども、パチンコが出来たのは戦後のことだから、戦後の記憶がそこに紛れ込んでいるらしい。あるいは遊技場みたいなところに入ったのか。

「兄貴。酒を飲もうじゃないか」

言い出したのは城介の方からだ。寒いので彼も飲みたかったのだが、城介の身柄を思って、辛抱していた。

「飲んでもいいのかい？」

「なぜ？」

「お前はもう兵隊なんだろう。酔っぱらうと叱られはしないか」

「まだ兵隊じゃないんだよ」

城介は笑った。

「明日船に乗っても、まだ兵隊じゃない。どこかに着いてから、正式に初年兵になるんだよ」

「ほんとかい」

「ほんとだ。さっきそう教えられた。まだ入隊してないんだから、一人前の兵隊面をするなって。今は何を飲み食いしても、おれの勝手なんだ」

一人前の兵隊面をするな、という言葉を、逆に解釈しているのではないか、と彼は思ったが、とめるわけにも行かなかった。で、そこらの居酒屋に入った。店内は鍋から立つ湯気などで、かなりあたたかかった。城介は鳥打帽子を脱ぎ、頭を撫でた。

「頭を刈ったら、やけに寒さがしみ渡るよ」

そしてお酒と関東煮を注文した。

「おやじやおふくろの前じゃ、窮屈で酒もうまくねえよ。やはりこんなとこでないとねえ」

城介が頭髪を刈ったのは、昨日の昼である。彼の家の前庭で、栄介が手づからバリカンを使った。矢木家は裕福でないので、床屋には通えない。子供の時から、お互いに刈り合うのである。床屋だと金がかかるが、お互いだとタダだ。

中学校を卒業して以来、彼はバリカンを持ったことが一度もない。城介はしきりに痛がった。

「痛え。痛え」

城介はさかんに痛がって、大げさな悲鳴を上げた。実際彼の腕は鈍っていたが、大げさな悲鳴は幼ない弟や妹へのサービスのためでもある。悲鳴を上げる度に、弟や妹は喜んで、笑いさざめいた。弟妹は城介を見るのが初めてで、

「東京の兄さん」

「東京の兄さん」

と、城介が帰った日から、まつわりついてばかりいた。

「ああ、痛かった」

刈り終わると、城介は妹に鏡を持って来させた。

「兄貴。ひでえ刈り方をしたな。まるで段々畠じゃないか」

「すぐ伸びるよ。伸びたら、段々も消えてしまう」

丁度その時、幸太郎の店の者が使者として来た。祝出征の宴を幸太郎宅でやりたいから、今夜来て呉れ、という用件だ。しかしその宴は、今夜うちでやることになっていた。

福次郎は会社に出ていたし、母親は台所でその支度をしている。

「兄貴。どうしようか」

城介は彼に相談した。

「あまり行きたくないな」

「じゃ断われよ」

城介は使者に言った。

「即日帰郷になったりしたら、面目がないから、壮行会はお断わりします。うちでかんたんにやりますから――」

窮屈で酒がうまくなかったというのは、その夜の小宴のことだが、結構城介は飲み且つ食って、やはりうちはいいなあ、と好機嫌であった。身内だけの宴で、幸太郎はついに姿を現わさなかった。若干自尊心を傷つけられたのであろう。酒が一本、届けられただけである。

関東煮は汁がすこし甘過ぎた。

「お互いに酒だけは強くなったな」

彼は城介に言った。

「おれが初めて酒を飲んだのは、お前を東京に送りに行った駅前のうどん屋でだ」

「そうだったな。お銚子半分で、兄貴は真赤になっていた」

「そうだ。足がふらふらした。駅の向こうは麦畑で、ゴッホが使うような黄色で、熟(う)れてむんむんしていた」

「そうだったかな」

「プラットホームにきれいな花が咲いていた。あれは六月何日頃か」

何か話したいことがたくさんある。そんな気がするのに、実際には何もなかった。二人で六本あけて、彼は少々酩酊(めいてい)して来た。城介はほとんど顔色は変わっていなかった。しかし城介が酔っていることは、彼にも判っていた。城介は奉公をしている関係で、酔いを殺して飲む術に長(た)けていたからだ。彼は言った。

「もうそろそろ出かけた方がいいんじゃないか」

城介は素直に盃を伏せ、二人は店を出た。暗い道を宿舎に歩く途中、うらぶれたような飲み屋があって、入口に赤い提燈がぶら下がっていた。城介は足を停めて、腕時計をのぞいた。

「まだ一時間ぐらいある。もう一、二本飲んで行こうや」
二十四、五の白粉をべっとりつけた酌婦が、卓によりかかるようにして、同じ文句のどどいつを、何度も繰り返してうたっていた。
〽朝顔の花はばかだよ根のない垣に
　命がけでからみつく
酒はさっきの店よりも、水っぽかった。あるいは二階で売春させて、酒やつまみものは二の次という店なのかも知れない。そう思いながら、彼は盃を傾けていた。突然城介が話を変えた。

「ねえ。兄貴。おれには子供がいるんだよ」

「子供？」

城介は血走った眼で、ゆっくりとうなずいた。

同じ東京にいて、時々会っていたけれども、城介は今までそんなことを、一口も洩らさなかった。しかしそれが嘘でないことは、表情や口調ではっきりと判った。

「いくつになるんだ。その子は？」

「三月に生まれる予定だ」

「結婚の約束をしたのか？」

城介は首を振った。

「じゃ妊娠させたまま、東京を離れたのかい？」

「そうだよ」

城介はにがそうに盃をあけた。

「結婚は出来ないんだ。その女は人妻なんだから」

「人妻？　するとその子は、お前のかその亭主のか、どうして判る？」

「そうなんだ。しかし女はそう信じている。信じているからには、何か根拠があるんだろう」

城介は唇を歪めた。笑うつもりらしかったが、声にはならなかった。

「しかしこちらには根拠がない。絶対にないわけじゃないが、絶対にあるということもない。思えば父親なんて、あやふやなもんだな」

彼は黙っていた。黙って考えていた。

「たとえばおれたちだってさ、おふくろから生まれたのは事実だ。しかしおやじのタネだとは、はっきり――」

城介の呂律は乱れた。

「言い切れないと思うよ。おれは時々そんなことを考えた。おれたち二人のことをね」

「どんな風に――」

「おれたちはふた児として生まれた。しかしおやじは自分で名をつけなかった。名をつけたのは、他の人だ。その人が今兄貴に学資を出している――」

ある思いが磅礴として彼の胸に押し寄せて来た。ははあ、城介はずっとそんなことを考えていたんだな。いつ頃からそんな考えを持ち始めたのだろう。混乱する頭の中に、そんな疑問がつき上げて来た。しかし彼は冷静をよそおい、強引に話題を引き戻した。

「その人妻って、誰だね。何ならおれが訪ねてやってもいい」

「誰かということは言えないよ」

城介は突っぱねるような言い方をした。

「自分のやったことは、自分で決着をつける。兄貴に迷惑はかけん」

「決着をつけるって、無事帰還をするつもりかい」

気分が急に残酷に傾くのを感じながら、彼は言った。しかし城介はそれを冗談として受け取ったらしい。

「人を葬る商売から、人を殺す商売に変わるだけだよ」

城介は短く声を立ててわらった。

「慣れたもんだから、ヘマはしないよ。そうやすやすと死んでたまるもんかね」

そして城介は腕時計をのぞき、ゆっくりと立ち上がった。

「もう十五分しかない。出よう」

勘定を払って、二人は店を出た。宿舎に着いて、彼もいっしょにくぐり戸をくぐった。土間から板の間になり、二階に通じる大きな階段があった。裸電燈がぶら下がっている。柱や梁はがっしりと太く、かなりの年数が経っているためか、総体に黒光りしていた。

「兄貴。おれ、顔が赤いか」

「いや。赤くないよ」

彼の眼には、城介はむしろ顔色が青いように見えた。

「そうかい。ちょっとここで待ってて呉れや。着換えして来るから」

そう言い捨てて、城介は階段を登って行った。彼は上がり框(がまち)に腰をおろし、十分ほどじっとしていた。やがて城介が服や外套をひとまとめにして、階段を降りて来た。

その時の城介の服装を、彼はどうしても憶い出せない。服を脱いだからには、何か他のものを着ている筈だが、その色も形も彼の記憶から、さっぱりと拭い去られている。

とにかく二人で急いで衣類をスーツケースに詰め込んだ。あわてていたので、土間に脱いだ靴を入れ忘れて、途中でまた詰め直した。作業がすっかり完了すると、城介は小さな声で言った。

「じゃ、行って来るよ。おれ」

彼が返事をする間も与えず、城介は顔をそむけ、階段へ歩いた。東京行きを見送った時の態度と、まったく同じであった。城介は階段をとんとんとかけ上って、そのまま姿は見えなくなった。

「ああ」

彼は低くうめいた。切なさがどっとこみ上げて来た。

「これが見おさめかも知らないな」

一分間彼は土間に立っていた。それからスーツケースを提げ、くぐり戸から外に出た。駅の方角に歩きながら、彼は考えた。

（あいつは感傷家で、おれより感傷的で見栄坊だから、涙を見られるのをいやがるんだ）

衣類を入れたスーツケースは、意外に重かった。着ている分には重くないが、まとめて手に持つと、ずしりとする重量感があった。右手から左手へ持ちかえながら、彼は追われるように急ぎ足で歩いた。その中どこかで道を間違えたらしい。

突然海が眼前にあらわれた。

彼は足を停めた。そしてそろそろと石垣まで近づいた。

海は暗く、波がゆたゆたと岸を洗っていた。彼方に船がいくつも停泊していて、点々と燈が見える。潮の匂いが初めて鼻にのぼって来た。彼はスーツケースを下に置き、じっと黒い海をのぞき込んだ。

（あいつ、最後に、とんでもないことを、言い残して行きやがったな）

酔いにしびれた頭で、彼はそんなことを考えた。ウェイトは城介の子供のことより、幸太郎の方にかかっていた。

（兄貴のおれに、下駄を預けっ放しにして――）

やがて栄介はゆっくりと背を返した。しばらく歩いている中に、見覚えのある道に出た。かなたにさっきの赤提燈（ちょうちん）の明りが見える。栄介はためらいながら、油障子をそっと引きあけた。

客はなく、さっきの酌婦がひとり、卓に頬杖をついてうつらうつらとしていた。物憂く眼を開いた。

「泊めて呉れるかね？」

栄介は顎を二階の方にしゃくりながら言った。

「ああ。いいよ」

女はのそのそと立ち上がり、表戸をおろした。暗い階段を、彼は女について登った。女は破れた押入れから、ばたんばたんと布団を引きずりおろした。

栄介はまだ『女』を知らなかった。女の動作を横眼で観察しながら、ゆっくりと外套や上衣を脱いだ。女は彼の顔を見て笑った。

「どうしてそんなにこわばった顔をしてるのさあ」


「加納というのはね、やはり下関からいっしょに出発した、城介の戦友だったのだ」

栄介は私に説明した。

「戦争が終わって五年ほどして、加納からハガキが来た。どこかでおれの名を見たんだろう。名前が城介に似ているが、兄弟か何かじゃないかという問い合わせだ」

「なるほど」

「そうだと返事を出すと、折り返し手紙が送られて来た。写真が同封してあった。これがそれだ」

栄介はその古封筒を逆さにした。一枚の小さな写真が出て来た。私はそれを受け取った。

写真の色は褪せていた。真中に木の墓標が立っている。

〈故陸軍衛生曹長矢木城介之霊〉

と、辛うじて読めた。墓標の周囲には短い草がところどころ生え、背景は茫々として何もない。地平と空との境もさだかでない。花も咲かず、鳥も飛ばない荒涼たる風景の中に、その墓標はぽつねんと立っていた。

「ここはどこだね？」

「厚和という街の城外だ。昔は綏遠と言ったらしいんだがね。蒙古地区だよ」

「殺風景なところだねえ」

私は写真を返しながら言った。

「もっとも城介君は、花や自然にほとんど興味を持っていなかった。その点では、淋しくなかろう」

いつだったか、私がまだ学生の頃、城介がやって来た。包みからごそごそと花を取り出した。ほんものの花でなく、造花である。

「どうしたんだね」

と私が聞くと、

「うん。兄貴の部屋、あんまり飾りっけがないんでね、うちからそっと持ち出して来てやったのに、留守なんだ。あとで兄貴に渡して呉れないか」

花も造花も同じようなもので、花は枯れるが、造花はいつまでも保つ、というのが城介の説明であった。

「どうだね？」

栄介は煙草に火をつけながら言った。

「加納の居所を探す件、承知して呉れるかね？」

「うん。ひとつやってみよう」

私は答えた。

「城介君が戦死をしたのは、いつのことだい？」

「戦死？」

栄介は表情を曇らせて、しばらく何か考えていた。

「昭和十七年の八月十七日だ。おれは大学を卒業して、就職していた」

「ああ。神田にある何とか研究所というところだったね。今はホテルになっている」

「うん。十七年一月、おれも召集を受けた。ところがおれは即日帰郷になった。気管支が悪くてね。二箇月ほど入院して、それからその年いっぱい、ぶらぶらしていた。その日もおれは魚釣りに出ていた。おれの家から海岸まで直ぐなんだ」

その日栄介は防波堤の突端で、釣糸を垂れていた。防波堤には二、三の釣客がいるだけである。太平洋戦争がすでに始まっていて、兵器生産に人手をうばわれ、釣りをする暇のある人間は、ほとんどいなくなっていた。

その日は、よく釣れた。雑魚(ざこ)類だけれど、午後三時頃までに五、六十匹は釣り上げた。彼はますます熱心に餌のつけかえをやっていると、彼方海岸の方から、子供がかけて来る。やがてその声が届いて来た。

「栄兄さん。帰って来いよう。お母さんがそう言ってるぞう」

胸騒ぎがした。彼は急いで釣竿をたたみ、魚籠(びく)を上げて、海岸に急いだ。弟に訊ねた。

「何の用だい？」

「知らない」

魚釣りの途中で呼び返されるなんて、今までなかったことである。彼の不安は高まった。

「直ぐ兄さんを呼んで来いって言うんだ。お母さん、泣いていた」

「泣いていた？」

取り返しのつかない失敗をした時のようなショックが来た。彼は弟といっしょに家の方に走り出した。

「城介のことではないように。城介のことではないように！」

しかしやはり城介のことであった。中田という部隊長から手紙が来ていた。内容はそっけない文章で、

『内地帰還を旬日に控えて、矢木城介は急に病死した。我々も残念に思うし、肉親の方々には気の毒に思う』

という意味のものである。病名は書いてなかった。しかし、旬日に控えて、という文章が栄介の胸に突き刺さった。

「何という運の悪い奴だろう」

内地帰還とは、戻って来て召集解除になることだ。それを彼は知っていた。

「お前はまだ死んじゃいけなかったんだ」

あの下関の造り酒屋の階段が、やはり見おさめだったと思った時、彼は胸が怒りのようなものでいっぱいになり、慄え出した。涙は出て来なかったが、慄えはなかなかとまらなかった。

その年の暮れに、遺骨を受領に来いという連絡があった。名古屋からである。下関から出発した人間が、どうして名古屋に戻って来るのか、彼には理解出来なかった。今もなお理解出来ない。

父親の福次郎は、城介が出征して一年ほどたって病死した。今家族と言えば、母親と栄介と弟と妹だけだ。受領に出かけられるのは、彼だけであり、また彼の責任でもあった。

「一体何で骨が名古屋に戻って来るのかねえ」

母親もふしぎがった。

「直接こちらに持って来りゃ、旅費だってムダにならないじゃないか」

と言って、出かけないわけには行かない。栄介は名古屋に出発した。

だだっぴろい寒い営庭で、合同慰霊式のようなものが取り行なわれた。はるか彼方でしめやかにラッパが鳴り、隊長のあいさつや、祭文みたいなものが読まれているらしい。空は晴れて、風が強かった。その風に乗って、時々聞こえて来るのだ。もちろん声の意味は判らない。

壇の前には兵隊が整列し、遺族たちはその後に並ばされていた。椅子はない。立ったままである。彼は遺族の最後列に立っていた。整列するまでに時間がかかったし、またその儀式も長々と続いた。

「何だ。葬儀する者が葬儀されるなんて、へんなもんだな」

初めはそう考えていた栄介も、次第にじりじりと腹が立って来た。通知書を差し出せば、引換えに遺骨を呉れると思っていたのに、こんなものものしい空虚な式につき合わねばならない。彼は心外であった。しかも夜汽車で来たので、昨夜はよく眠っていないのだ。

「長いですなあ。まだ終わりませんかね」

隣に立っている鬚の生えた老人に、彼はそっと話しかけた。老人はじろりと彼を見たまま、返事をしなかった。老人の唇は寒さのために、紫色になっている。栄介も耳たぶに感覚がなくなり、洟(はな)がしきりに出た。もうこれ以上我慢が出来ないという心境になった時、やっと式が終わった。

遺骨を受領したのは、それから一時間半後である。混んでいて、なかなか順序が廻って来なかったからだ。白布につつまれた箱を受け取っても、彼に哀感は全然わかなかった。彼は不機嫌にそれを肩から前に吊るした。それから営門を出て、とつとつと駅の方に歩く。

「何て愚劣なことだろう」

「何てバカなことだろう」

自分の不機嫌をなだめるように、ぶつぶつ呟きながら彼は歩いた。名古屋に一泊して、明朝故郷に戻る予定だったが、もう泊まる気はしない。

「すぐ汽車で帰ろう」

駅の食堂で食事を注文して、彼はそう思い定めた。遺骨は肩から外し、卓上に安置してある。つまり彼と向かい合ったような恰好になっている。城介の骨がそこに入っているという実感はまだなかった。彼は下関の赤提燈の店での城介の言葉を思い出した。

「お前は自分で決着をつけると言ったが、とうとう出来なかったじゃないか」

彼は心の中で城介の骨に話しかけた。

「人間は生まれてしまえば、いろんなものにからんだり、からまれたりして、一代では決着出来なくなるものだ。次第に引きつがれたり、あいまいに消失したり——」

食事が来た。遺骨と向かい合って、彼だけが食べた。何だか落ち着かない気がした。

「遺骨というのは、妙なものでね」

栄介は両手を頭のうしろに廻し、私に言った。

「あれは肩から吊るし、手で捧げ持ってこそ、恰好がつくもんでね。食事する時などは、処置に困る。人がいなきゃいいんだが、皆が見ているだろう。骨をじゃなく、おれをさ。肉親をうしなって悲しみにあふれている人間として、このおれを眺めている。その視線の中で飯を食うのは、具合が悪いもんだよ。と言って、腹が減れば、食べないわけには行かないし――」

「なるほどね」

その困惑は私にも判るような気がした。

「悲しい顔をしなくちゃいけないだろうからね」

「その代わり、逆用も出来るんだ」

彼は言った。

「それから汽車に乗った。汽車は、満員というほど混んでいなかったが、席は空いていなかった。遺骨を持っている関係で、先を争って乗れなかったからだ」

栄介はひどく疲れていた。昨夜もよく眠らず、営庭に立ち通しだったので、疲れるのも当然だ。彼は通路に立ったまま、遺骨を網棚に乗せようかとも考えた。しかしそれは出来なかった。しばらく収まっていた怒りが、またじりじりと胸に燃え上がって来た。

「おれを立たせて置くつもりか。このおれを！」

そう思いながら、彼は坐っている旅客の一人一人を、順々に顔を確かめて行った。十分ほど経った。ついにたまりかねたように、一人の学生が立ち上がって、席をゆずって呉れた。

「その汽車は、長距離列車なんだ。だから誰も席をゆずりたくない。そんな汽車におれが乗り込んで、皆困っただろうと今思うよ。遺骨という大義名分を振りかざして、斬り込んで行ったようなものだからねえ。居眠りをよそおっている奴もいた」

「で、君はその学生にお礼を言ったのか？」

「言わないさ。言わないで、実に平然として腰をおろした」

栄介は語調を強めた。

「何故なら、学生はおれにゆずったんじゃない。遺骨に席をゆずったんだ」

妙な理屈だと思いながら、私は黙って聞いていた。

「坐れたけれども、それからがたいへんだった。居眠りが出来ないんだ。眼をつぶる分にはいいけれど、うとうとするど、身体が前のめりになって、箱が膝から落ちそうになる。ハッと気がついて、姿勢を元に戻す。またうとうととして目覚める、という具合で、結局故郷の駅に降り立つまでに、おれは確実に一貫目はやせたね。ほんとにあの遺骨受領は、難行苦行だったなあ。まだ若い頃だから保ったけれど、今のおれならとても出来ることじゃない」

キャンバス椅子の上で栄介は背伸びをした。

「家にたどりついて、箱をあけて見ると、骨壺があった。蓋をあけると、骨の破片が少量入っていたよ」

「涙が出たかい？」

「いや」

彼は溜息をついた。

「肉親の死というものは、そばに立ち合っていると、悲しみが集中して涙が出るが、城介の場合はそうじゃない。初めに手紙が来て、それから骨だろう。骨だって現地で焼いたものだ。死貌をおれは見ていない。実感がないから、悲しみは分散されるのだ」

「そんなものかな」

「それに名古屋まで苦労して出かけたわけだろう。こんなもののために、苦労させやがって、と言う感じが強かったね。むしろ加納という男から、写真を送って来た時の方が、真実感があった。ああ、こんなところに埋められているんだとね。でもふしぎなもんだな。おれはその加納の手紙に返事を書かなかった。書きたくないような気がしたんだ」

「城介君の骨のために苦労させやがった、と君は言うけれど、生きている時に彼は君に苦労させられたんだよ。君は葬儀屋の主人に金を借りて、戻さなかっただろう」

「ああ」

うめくように栄介は言った。

「よく知ってるな」

「城介君の日記にも書いてあるし、僕にもしばしばこぼしていた。兄貴は金銭的にもだらしがないってさ」

葬儀屋はある私鉄の駅から、だらだら坂を降り切ったところにあった。主人は頭を角刈りにした痩せた男で、あまり表情を動かさない。あとで城介に聞くと、葬儀屋というのは喜怒哀楽を顔に出してはいけない、無表情で事を運べと、かねて注意されているという。主人のむっつりした態度は、その職業的習練が日常にまで移行したもののようである。栄介は金を借りに、両三度行ったことがある。

なにしろ幸太郎からの学資の額がすくなかったのだ。田舎の高等学校並みにしか送って来ないので、とても足りない。アルバイトもやったが、それでも不足すると、葬儀屋にたよる他はなかった。

主人は栄介の希望する額を聞くと、若い美しい女房に金を持って来させ、黙って彼に手渡した。日々困っているから、その金がどうしても戻せない。やがて彼は葬儀屋へ行きづらくなった。

「兄貴。少しずつでも返して、また借りに来ればいいじゃないか」

時々城介は彼に言った。

「おやじが来客に、これはよく働くが、兄の方はだらしないと話しているのを聞くと、おれはちょっとつらいんだ」

栄介だってつらかった。卒業してから返すなどと、当てもないようなことを言える義理ではなかった。その中に城介が出征してしまったから、その借金は返さずじまいになった。

「加納に返事を出さなかったのは、城介の軍隊での苦労を、あまり知りたくないという気持も確かに動いていたようだ」

栄介は言った。

「ところがそれから、六、七年経って、おれは突然それを知りたくなった。そこで加納に手紙を出して、会って話を聞きたいと申し入れた。すると付箋(ふせん)づきで戻って来たんだ」

「どうして手紙を出す気になったんだね?」

「はっきり判らない。歳月が経って、昔ほどつらくなくなったからだろう」

「齢をとって、そろそろ決着つけたくなったんじゃないか」

私は冗談めかして言った。

「加納の話を聞いても、決着どころか、ますますもつれるだけだ、と僕は思うよ」

「そうかも知れんな」

ちょっと話が途絶えた。栄介は気だるそうに、眼を閉じた。私は古封筒を取り、中をのぞいた。何も入っていなかった。

「これには写真だけ入っていたのかね」

「いや。手紙も入っていたよ」

「何て書いてあった」

「死んだ時の状況を、かんたんに書いてあった」

「ほう。城介君はどんな病気で死んだんだ?」

「自殺さ」

「自殺?」

私にはそれは初耳だったので、思わず声が大きくなった。

「うん」

眼を開いて、少し経って栄介はうなずいた。

「睡眠薬による自殺だ」

七

城介の属する部隊が香港から大同に戻って来たのは、昭和十七年六月末のことである。城介と同期の衛生兵は、ほとんど軍曹になっていた。加納軍曹もその一人だ。大同からまた厚和に移動した。

厚和での勤務は、全然でたらめで、頽廃していた。香港での重任を果たして一応元の巣に戻った安心感があったし、北方なので急激な作戦行動もなかった。それに彼等はもうすぐ解除になる。帰還要員という特別扱いを受けていた。

もちろん厚和の部隊全部が、でたらめだったわけではない。帰還要員たちだけである。

「帰れるというのに、働く気になれるかい。ばかばかしいや」

そういう気持で、城介たちはほとんど働かず、昼間の勤務はサボり、夜は酒ばかり飲んでいた。

部隊長は中田という軍医大尉だったが、少し陰険な性格の男で、

「帰還要員といえども、たるんではいかん」

と、しばしば訓示したが、彼等には通じなかった。古参軍曹ぐらいになると、軍隊では神様みたいなもので、そうかんたんに訓示ぐらいで動くものでない。

「いやな野郎だな。あいつ」

「手前の進級のことばかり考えてやがる。軍人の面汚しだ」

中田部隊長は皆から嫌われていた。ことに城介は彼が嫌いであった。

その夕方、城介は風呂に入った。ドラム罐ではなく、甕(かめ)風呂である。ドラム罐の湯は荒々しいが、甕のは当たりがやわらかで、彼等は気に入っていた。それから戦友五人と酒盛りが始まった。酒は白酒(パイチユウ)である。

城介たちは徴発した民家に居住していた。その一棟には、五人しかいなかった。総員酒好きであった。と言うより、酒好きがその一棟に集まっていたと言うべきだろう。宿舎の割りふりも、ほとんど彼等の意志によるものだったからだ。

酔うにつれて、話はいくらでも出た。故郷の話。香港の思い出。女やバクチの話。

その中城介は部屋を降りて、土間にかけた雑嚢の中から、自分の掌に白い粉末を取り出し、宴席に戻って来た。アスピリンに似た結晶粉末である。城介は皆の見ている前でそれを口に含み、一気にパイチュウで嚥下した。

「何をのんだんだい？」

加納はそれを見とがめて言った。

「何でもないよ」

城介は答えた。むしろ浮き浮きした口調であった。

「どうせこわれた体だよ。この方がよく効く」

すぐ話題が別に移ったので、粉末のことはそれで済んだ。その夜は歌をうたったりして、皆すっかり酔って寝た。

翌朝加納が眼をさますと、城介の呼吸音が変なのにすぐ気がついた。加納は城介の隣に寝ていた。いびきとも違う。咽喉が猫のようにごろごろ鳴っている。はっとして、向こうむきになった城介の顔をのぞくと、鼻孔からクリーム状のどろどろしたものが流れて、下の毛布にまで垂れている。鼻呼吸が出来ないから、咽喉が鳴っているのだと判った。

「たいへんだ。みんな起きろ」

残る三人も飛び起きた。

「どうしたんだ？」

「矢木の様子がおかしい。すぐ兵隊に担架を持って来させろ」

一人が飛び出して行った。加納はガーゼでどろどろのものを拭ってやった。しかし鼻孔の中にもぎっしり詰まっているので、咽喉の鳴りは止まなかった。城介は深い昏睡状態におちいって、失禁していた。

「昨夜の白い薬だな」

歯がみしたくなるような気持で、加納は思った。あの時すぐ吐かせればこんなことにならなかったろう。

「昨日風呂に入ったのも、その覚悟だったんだな」

城介は風呂に入るのを、面倒くさいと称して、あまり好まなかった。いつも体を拭くだけにとどめていた。それが甕風呂に入り、念入りに洗ったというのも、その覚悟だったに違いない。

直ぐに兵隊が担架を持って、かけ込んで来た。城介の体は病院に運ばれた。胃洗滌(せんじょう)、灌腸(かんちょう)などが行なわれたが、城介の意識は戻らず、正午に死んだ。ベロナールの中毒死だと判った。

加納たちは同室だったという関係上、一応の取り調べを受けた。しかし加納は、飲酒中に白い粉末をのんだことは、とうとう口外しなかった。彼等は白木で墓標をつくり、酒保に交渉して清酒を出させ、それを墓標にかけてやり、残りで追悼の宴をした。

それから一週間後、彼等は厚和を出発して、内地に向かった。

栄介に頼まれた通り、私は新聞社に行った。その社には私の友人がいて、快よく引き受けて呉れた。加納探しの文章は、それから三日目に掲載された。

しかし加納からの返事はなかなか来なかった。二箇月ほど経って、私は栄介に会った。

「もう諦めるんだな」

私は言った。栄介の背骨は、変形したまま固まって、もう学校にも出ているとのことであった。

「もう死んだのかも知れない。人間の生命なんて、当てにならないものだから」

「交通事故など多いからね」

栄介は答えた。寝ていた時にくらべて、そう熱心な口調ではなかった。やはり雑然たる日常に紛れ入ると、過去に冷淡になるのだろう。

「諦めることにするか。他に手の打ちようもないし……」

しかしそれから一箇月して、加納から手紙が届いた。養子に行って、姓が変わっている。住所は千葉で、

『偶然の機会にその新聞を近頃読んだが、どんな用件で探していられるのですか』

と書いてあった。丁度その翌日、私は千葉に行く用事があったので、夕方その住所の方に廻ってみた。するとそこは小さな舟宿であった。案内を乞うと、女房らしい女が出て、今海に出ているが、もう帰って来る筈だと言う。事実三十分も経たない中に、ポンポンとエンジンの音をさせて、釣舟が戻って来た。日焼けした船頭が降りて舟をつなぐ。それが加納であった。

「ああ。あんたですかい」

加納は鉢巻を取った。

「実はうちではあの新聞を取ってないんでね。お客さんが置いて行った古新聞を、何となく読んでいると、あっしの名が出てるじゃないか。びっくりしましたよ」

加納は栄介よりもずっと老けて見えた。やはり毎日潮風に当たっていると、皮膚が荒れるのだろう。

「どんな用事で、あっしを探すんだね?」

「実は僕の友人に矢木栄介というのがいて——」

「ああ。あの矢木君の兄さんだね。手紙を出したことがあるよ」

そこで私はかんたんに栄介の気持を説明した。東京に来て、いろんな話をして呉れ、とはちょっと言いにくかった。舟宿の主人は忙しいことにきまっているからだ。

「矢木栄介も釣りが好きだから、一度お宅の舟を借りて、釣りでもしながら、ゆっくり話が聞ければ——」

「いいですよ。前の日に電話して呉れりゃ、用意しときますよ」

加納はあっさりと承知した。

「たしかその栄介さんは、矢木君とふた児だったね」

「そうですよ」

舟宿の前の川は汚れて、油がぎらぎら浮いていた。舟がいくつもつながれている。川向こうの家並の彼方に、赤い夕陽がかかっていた。

「この二、三日、またスモッグが多いね」

加納は手をかざしながら言った。

「沖に出て、東京のスモッグを通して見た太陽は、蒙古の太陽にそっくりですよ。もっとも蒙古のは煙じゃなく、砂ぼこりなんだけれどね」

「城介君はそこで自殺したんだそうですね」

加納は直接それに返事はしなかった。しばらくして夕陽から眼を離した。

「蒙古から生きて帰っても、すぐ再召集が来た筈ですよ。あたしゃ、ニューギニヤに持って行かれた」

「ニューギニヤ？　ひどい戦いだったでしょうな」

「ひどかったねえ。二十四、五万行って、帰って来たのは七千二百人。戦争なんてもんじゃなかったですよ。一年間は木の根草の根ばかり食べて——」

加納は私の顔を見た。

「城介君もきっとその戦死の方に入るね。あっしが生きて帰れたのは、まぐれみたいなもんです」

加納が老けて見えるのは、その苦労のせいかとも私は思った。舟宿の大きな名刺をもらい、私はそこを辞した。

翌日栄介に電話してその旨を伝えた。

「そうか。加納がいたのか」

栄介は言った。

「久しく魚釣りをやらないから、やってみたいな。それで自殺の原因は、何だった?」

「立ち話だったんで、聞かなかった。どうせ聞けると思ってね」

と私は答えた。

「釣竿や餌は、向こうで都合して呉れるそうだ。身柄だけ行けばいい」

ある朝私は栄介を待ち合わせ、タクシーで千葉に向かった。風もなく、いい天気である。

「背中はもうすっかりいいのかい?」

私は訊ねた。

「舟に一日中坐っていられるか?」

「まあ大丈夫だろう。つらけりゃ舟を戻せばいい」

「コブの方はどうなった?」

瞬間栄介は憂欝そうな顔をした。

「前よりも少し大きくなったような気がする。手ざわりの具合ではね」

「しかし背中でよかったね」

私はなぐさめた。栄介はうなずいた。

「うん。幸太郎伯父みたいじゃ困るな」

「伯父さんは元気かい？」

「うん。相変わらずだ。定額の他に、時々小遣いをせびりに来る。齢が齢だから、養老院に入れたいが、どこかいいところはないかなあ」

幸太郎が独りで上京して以来、栄介は月々五千円を彼に提供していた。幸太郎は毎月の初めに彼の家にやって来る。彼がいる時は彼が手ずから渡し、留守の時は封筒に入れて、家政婦に預けて置く。止宿先に送ってやろうと言っても、幸太郎は承知しない。

「そんなことをするに及ばない。わしの分はわしが取りに来る」

幸太郎は昔から、言い出したら聞かないところがあった。本家に生まれて旦那として過ごし、今は落ちぶれていても、その根性は直っていない。郵便局から自分の貯金を引き出すように、当然の表情で受け取る。

「送られて来ると、仕送りされているようで、イヤなのかな」

と栄介は漠然と想像することもある。栄介の学資は幸太郎から小切手で送られて来ていた。受け取ると幸太郎は、別にお礼も言わず、玄関を出て行く。その後姿はわびしい。この半年の間に、幸太郎は急に足の弱まりを見せていた。

「五千円で老人が一人、食って行けるものかな」

私は言った。

「いくらなんでも、五千円じゃムリだろう」

「ムリだろうね」

栄介は平気な声で言った。

「部屋代だけでも、そのくらいかかるだろう」

「じゃ食い代は、どう工面しているんだろう」

「いや。あの齢じゃ働けないだろう。一度止宿先に訊ねて見たら、毎日外出しているとは言うんだがね」

「働いているのか？」

栄介は移り行く景色を眺めながら、ぼんやりした声で言った。

「上京して来た時、幸伯父はかなり金を持っていたと思われる節がある。財産でも整理して来たんじゃないかと思う」

「城介君が勤めていた葬儀屋は、その伯父さんの知り合いなんだろう」

「そうだよ。しかしあの葬儀屋の主人は、死んでしまったらしい。空襲でね」

終戦の年の暮れ、栄介は一度葬儀屋を訪ねたことがある。私鉄の駅を降り、だらだら坂の上から見渡すと、葬儀屋があった付近一面は焼けていて、ずっと彼方に雪をいただいた富士山が、小さく見える。

「ああ。ここも焼けてしまったんだな」

栄介はしばらくその風景を眺めていた。やがてゆっくりと坂を降り始めた。つめたい風が下から彼のオーバーに吹き上げて来た。

葬儀屋があったと覚しき場所の近くに、焼け材やトタンを使った小さな壕舎があった。中をのぞくとモンペ姿の中年の女が、コンロに鍋を乗せ、何かぐつぐつと煮ていた。

「ちょっとおうかがいしますが——」

栄介は戦闘帽を取った。

「この先に葬儀屋さんがありましたね。あの家族はどちらに行かれたか——」

「さあねえ」

女は栄介の方に顔を向けた。

「ここらへん、いっしょに焼けちまったんでねえ。何でも話によると、御主人は焼夷弾(しょういだん)の直撃でなくなられたようですよ」

「直撃でねえ」

むっつりした主人の表情を、彼は思い出した。

「家族たちは?」

「さあ。実家にでも帰ったんじゃないかしら」

女は立ち上がって壕舎を出て、栄介に近づき、しげしげと彼の顔に見入った。

「そうだ。あんたはたしか、昭和十年頃、あそこで働いてた人だね。面影が残ってるよ」

「いえ。違いますよ」

栄介は二、三歩後退した。女はいぶかしげに言った。

「かくさなくてもいいじゃないの。あたしゃ覚えてるよ」

あれは弟だと説明するのも面倒くさいので、彼はあわてて頭を下げ帽子をかぶった。

「どうもありがとうございました」

女の視線をひりひりと背中に感じながら、栄介はだらだら坂を急ぎ足で登った。

「そんなわけだから、幸伯父はそちらと交渉はないと思う」

「上京当時、金を持ってたらしいって、どうして判ったのかね？」

「いきなり上京はせずに、途中で京都や奈良や名古屋などで、泊まって来たんだ。まあ昔の友人を訪ねたのか、物見遊山のつもりで下車したのか、それは知らないけれどね。とにかく金銭的には余裕があった筈だよ」

「定額の他に金をせびるというのは、その金が底を尽きかけた——」

「それは判らない」

幸太郎が金をせびりに来るようになったのは、半年ぐらい前からだ。せびると言っても、幸太郎は下から出るのではない。堂々と借りて行くのである。

「金を貸して呉れ」

とは言わない。

「金をいくらいくら貸せ」

栄介の都合のいい時は、その額を差し出すが、都合のよくない時は断わる。断わっても、幸太郎は文句は言わないし、貸せない理由も聞かない。黙って戻って行く。また一週間もすると、同じ金額を借りに来る。結局借りられてしまうのだ。

「どうもおれは弱気なもんでね」

栄介は苦笑いをした。

「とうとう出してしまうんだ」

「東京で伯父さんの身寄りというのは、君だけなんだろう?」

「おれの弟も妹も東京にいる。しかしその代表として、おれだけだろうな」

「妹さんは結婚しているのかい?」

「うん。亭主は税務事務所に勤めている」

タクシーは今京葉国道を走っていた。右手に海が陽にかがやいて見えた。

「つまり伯父さんは、今独りなんだろう。だから君にコネをつけたいんじゃないのか?」

「何で?」

「金を送らせないで、自分で取りに来ることや、また金をせびりに来ることさ」

私は言った。

「困らせたり、いやがらせをしたりして、それでコネをつけとこうと言うような――」

「コネか?」

栄介はわらった。

「そりゃずいぶん高等戦術だな」

しかし栄介の胸の底には、かぐろい憂欝の翳(かげ)が、かすかに揺れていた。あの下関の飲み屋で城介が、おやじのタネだとはっきり言い切れない、と言ったのは、自分の子供にかこつけて冗談を言ったのか、あるいは本気で言ったのか、城介が戻って来ない以上、もう判るすべもない。今は生き残った栄介と幸太郎のみに持ち越されている。

沈黙が来た。海沿い道のところどころに、貝類を売る店があった。

(あるいはあの女が、それであったかも知れないな)

窓外の景色を眺めながら、栄介はまたそんなことを考えていた。しかしそれはあり得ないことであった。

(またウソを考えている)

城介が自分に子供がいると言ったのは、あれは冗談でない。秘密を打ちあける時の切ない響きがあった。その人妻とは誰だろう。終戦後の壕舎にいた女を、栄介は時々思い出すのである。栄介があの時あそこに行ったのは、それを調べに行ったわけではない。でも、葬儀屋の主人に会ったら、それとなく聞いてみるつもりであった。しかしそんな情事は秘密裡に行なわれるものだから、主人が生きていても聞き出せなかっただろう。

（もしあの女だったとしたら、葬儀屋で働いていた人、とは呼ばず、いきなり本名で話しかけて来る筈だ）

城介の子供のことを考える度に、栄介はあの女のことを思い出す。もちろん妄想としてである。焼野原の一軒だけの壕舎の女が、よほど印象的であったに違いない。

その後栄介はそちらの方に足を向けたことがない。別に用事もないし、また焼野原の復興ぶりを見るほどの興味も起こらないからだ。

「あ。あの橋のたもとで——」

私は前方を指差した。

「橋を渡り切った向こうで停めて下さい」

車は停まった。私が先に降り、栄介が続いて降りた。道から左手に急坂があり、降り切ったところに舟宿がある。案内を乞うと、加納が出て来た。

「ずいぶんゆっくりでしたな」

加納は言った。

「もう来ないのかなと、思っていたところだよ」

「僕らはどうも早起きがにが手でね」

そして私は栄介を紹介した。加納はしばらく栄介の顔を見詰めていた。

「ああ。やっぱり似ていられる」

加納はうめくように言った。

「なるほど。矢木軍曹が生きていれば、今のあんたみたいな顔になるんだな。眼と鼻がそっくりだ」

「見分けがつかないと言うほどじゃないが――」

私が説明した。

「若い時はほんとによく似ていた」

「あっしも昔は若うござんしたよ」

加納は意味のないことを口走った。栄介の顔から城介の若い頃を思い出し、そして自分の若い時分を思い出したのだろう。すぐ加納は気がついたらしく、あわててつけ足した。

「いや。誰だって昔は、若かった」

舟はすでに用意がととのい、釣道具や餌も運び入れられていた。私たちは靴を脱ぎ、藁草履にはきかえた。石段を降りて、釣舟に乗った。小さな釣舟だけれど、三人だけなので、ゆったりしている。

「風もないし、いい釣日和だね」

エンジンの具合を調節している加納に私は、話しかけた。

「もっとも今日は魚釣りが目的じゃないけどね」

「まあ沖に出て、ゆっくり話しましょう」

エンジンが音を立てて、舟が動き始めた。栄介はもの珍しそうに、空を仰いだり、波のしぶきを眺めたりしていた。橋を二つくぐり抜け、舟は広い湾に出た。

八

「え？　パビアト？」

栄介は反問した。

「ええ。自分たちはそう呼んでたね」

エンジンをとめ、艫から餌箱を胴の間に廻しながら、加納は言った。餌箱の中には、泥にまみれたゴカイが、びくびく動いている。

「パビナールアトロピンを略して、そう言ってたもんです」

「パビナールと言うと――」

栄介は海面を眺めながら、やがて言った。

「たしか麻薬だったね？」

ウィークデイなので、釣舟の数はすくなかった。沖に出ると、やはり微風があって、小波がひたひたと舷をたたいた。

「ケシからとった阿片の――」

「麻薬は皆その系統ですよ。パビナールもモルヒネも」

加納は針にゴカイをつけた。栄介もおもむろに、それにならった。ゴカイは身をくねらせながら、海へ沈んで行った。

「どうして城介はパビナール中毒になったんだろう？」

「あっしにもよく判らないけれど、彼には喘息の気がありましたね。その発作をおさえるために、打ち始めたんだと思う。なにしろあちらは寒暖の差が激しくて、空気が乾いてるもんだから——」

栄介は喘息という病気は知らない。知ってはいるが、かかったことはない。たしかあれは遺伝性のものだと教えられた記憶がある。しかし父親や母親もその傾向はなかったし、兄の竜介は知らないが、現在生きている彼や弟や妹にもその徴候はないようである。温度や乾燥度でそんな病気が出るものなのか。

「そんな寒い土地なのかね」

栄介は言った。

「下関に送りに行ったのも、寒い日だった。城介は造り酒屋の二階に泊まったよ。あんたもいっしょだったかね？」

「いや。自分は別だった。お寺に泊まったよ」

加納はひらひらとひねハゼを釣り上げ、慣れた手付きで釣針から外した。

「あれも寒かったが、寒さのけたが違いましたね。わたしゃいきなりあんなとこに持って行かれるとは、予想もしてなかった。とにかくあの翌日、防寒被服を支給されて、行先は教えられずに船に乗せられた。さあ、今考えると、何トンぐらいの船だったかな。よく覚えてないね。玄海灘に出たということだけは、はっきり覚えています」

「なぜ？」

「誰かがそう言ったんで、その声が今でも耳にこびりついている。そう揺れなかったですな。船艙(せんそう)にぎっしり押し込められて、上甲板に出るのは禁じられていたけれど、そっと入口から見上げると、月夜でね。かすかに煙突と帆柱が揺れているのが、月の位置で判る。その煙突がぐろぐろと煙を吐いている。朝鮮に行くんだと思ったね。いや。自分だけじゃなく、召集された者は皆」

「がっかりしただろうね。台湾じゃなくて」

「がっかりなんてもんじゃない。防寒被服を支給されたから、台湾じゃないことは判っていた。不安な気分と悲壮な感じ。北方に行って、もう生きてこの海を戻って来れないような気がしたね」

船は朝鮮に向かっているのではなかった。朝鮮ならもう着いている筈なのに、まだまだ煙を吐いて進んでいた。どこに連れて行くのだろう。船艙に閉じ込められているので、視覚的には夜も昼も判らない。時計を見て、今は何時だと思うだけである。その時計での夜の明け方、へんな音が船艙に響き始めた。初めは弱く、しだいに強まって、バリンバリンと船艙の空気を慄わせた。

「何だろう」

「何の音だろう」

加納たちはささやき合った。戦争の音じゃないことは判っていたが、何の音か知れないことが不安であった。

やがて船は停止した。彼等は着ぶくれた油虫みたいに、ぞろぞろと上甲板に這い出した。そして皆、あっと驚いた。海が一面に凍結していたのだ。

「なるほどねえ」

加納は隣の男に話しかけた。

「あれは氷の割れる音だったんだな。一体ここはどこなんだろう」

「さあ」

相手は首をかしげた。

「えらく寒いとこだなあ」

徴用の客船で割れるぐらいだから、そんなに厚い氷ではない。しかし加納にとっては、凍った海を見るのは初めてで、衝動は大きかった。彼方の陸地には、異風の街があった。内地では感じたことがない、針でつっつくような寒さを、加納は感じた。

順番を待って、次々艀で上陸する。そこは平地になっていて、軍の建物が立っている。兵舎ではない。バラック建ての細長い仮休憩所のようなのが、数十棟並んでいる。そこに入れられて軍装検査を受け、それが済むと豚汁と飯が配給された。

「その豚汁はうまかったねえ」

加納は艪で舟の動きを調節しながら言った。

「やたら寒いのに、豚汁は熱い。豚肉もたっぷり入っている。皆何杯もお替わりをしましたよ」

「その港、どこだったんだね？」

「それが誰も教えちゃ呉れねえんですよ。何も意地悪しているわけじゃなく、一人前の兵隊と取り扱って呉れないんだ。豚扱いだね。しかし結局誰かが聞き出して来て、大沽だと判った」

「すると船は黄海を越えて行ったんだね？」

「まあそう言うことです。しかしこちらは大沽だと言っても、ぴんと来ない。ここで入隊するのかと思ったら、また汽車に乗せられたよ。今考えるとあの大沽というところは、兵隊の集散地だったらしい。あのバラック建てが、中継所の役をしていたんだね」

彼等は汽車に乗せられた。貨車じゃなく客車だったが、船艙以上の詰め込み方であった。内地の軍隊ではなく、防寒服装なので、しかも新品だから体に馴染んでなく、ぶくぶくに着ぶくれている。まだ武器は持たされていなかったが、背負袋や水筒その他を支給されている。客車の定員を守っても、それらの分だけがはみ出るのである。

汽車は二日二晩奔り続けた。行先は大同である。

汽車にはスチームが通っていた。大同から迎えに来た下士官や古兵は、いたずら半分に、

「前方に八路軍がいるという情報が入った」

とか、

「列車転覆の計画があるらしい」

などとおどす。窓にはシェードがおろしてあるので、外の景色は見えない。車内の電燈も薄暗く、むんむんしている。矢木城介は偶然加納と座席で隣り合わせていた。名を名乗り合った。城介は言った。

「ひどいもんだね。まるでと殺場行きだ」

「そうだな。いつ大同に着くのだろう」

寝るのがたいへんであった。迎えの古兵連中は寒さ慣れしているのか、ふつうの被服に防寒帽だけといういでたちだが、召集兵たちは重装備で、座席の上では窮屈で身動きがとれない。結局床にごろ寝をしたり、何とかごまかしたり、雑多な恰好をして眠る。張家口を経て大同に着いたのは、三日目の朝であった。

駅に降りてプラットホームに整列する。煉瓦(れんが)建ての駅舎や倉庫があり、電柱が点々と立っている。そこで部隊長の閲兵(えっぺい)があった。

「寒さのけたが違うと、わたしがさっき言ったね。それをここで初めて感じたよ」

加納は煙草に火をつけながら言った。

「スチームの通った汽車から降りた時、顔がひきつれるような気持でしたな。北支も最北支でね、時が一月と来ている。防寒服を着て、もちろん手袋もつけているんですが、整列していると、手足がしびれるように、いや、引き裂かれるように冷えて来る。立っているのがやっとだったな。下関の寒さなんて、寒さの中に入らない。自分の軍隊の第一印象は、この寒さでしたよ」

「そりゃ寒かっただろうなあ」

城介が寒がり屋だったことを、栄介は思い出していた。

「大同というとこは、大きな街なんだね」

「いや。大したことはないです。ただあそこにはね、大同炭鉱という露出鉱がある。上質な石炭が出るんで、労務者が相当いたね。労務者は苦力（クリー）で、日本の民間人と言えばその関係と、満鉄関係者ぐらいなもんかな。とにかく検閲が終わって、やれやれ、これであたたかい兵舎に入れると思ったら、これが大間違いです」

お前たちはよく来た。はるばる来たお前らを心から嬉しく、慈父のごとく迎えるなどと言うような軍人特有のあいさつを賜わって、粛々（しゅくしゅく）とした行軍が始まった。

「するとはるか彼方に城壁が見える。大同の城壁ですな。あの城壁の中に聯隊があるんだなと、そう思って歩いていると、城壁の手前の広場に、自分らと同じ恰好の連中がたくさんいる。前の列車で着いたのが、小休止みたいな形で待っていたんだね。ああ、お前らよく来たということで、豚汁をバケツに入れたのを——」

「よく豚汁が出るんだな」

「ええ。それが朝飯で、ここで独立歩兵第十二聯隊の編成があって、わたしゃ矢木君といっしょに第二大隊に入れられた。第一大隊は大同ですが、自分らは左雲県というところに行くことになり、弁当をつくってトラックに乗せられたね。大同を出発すると、見渡す限り砂漠で、砂丘また砂丘です。それに何てえか、蒙古嵐というやつがびゅんびゅん吹きすさんでいる。時々山みたいな風景のところに差しかかると、分遣隊があるんですよ。二、三十人ぐらいの人員で守っている。よく来たな、ご苦労さんご苦労さんと、熱い茶などを接待して呉れたりするんだ。結局大同から左雲まで、七、八時間ぐらいかかった。距離的にものすごい山の中に入ったわけですな」

「心細かっただろうね」

「そりゃそうですよ。矢木君も言ってたね。もしここで包囲されて襲撃されたら、生きちゃ帰れないなってな。トラックで八時間もかかるところだから、走って逃げるわけには行きませんや」

「その左雲に部隊があったんだね？」

「そうです。そこらが第二大隊の警備地区になっていて、左雲に大隊本部があった」

栄介は海面を眺めながら、広漠とした砂漠の中を列をつくって進んで行くトラック隊や、吹きすさぶ嵐や、左雲の街の状況を想像していた。しかし眼に見えるようにうまくは想像出来なかった。時間的に考えると、彼はその頃まだ家にいて、たしか毎日釣りをしていた筈で、近くの沼で鮒などを釣っていたに違いない。学校の冬休みはまだ終わっていなかったから。

「その部隊の兵舎で、初年兵教育を受けたのか」

栄介は言った。

「あいつ、帰りたかっただろうなあ」

葬儀屋に行った時も、そうであった。城介は栄介宛にしきりに、一週間でいいから暇をもらって故郷に帰りたい、父親に頼んでみて呉れ、という手紙をよこした。故郷の海で泳いだり、魚釣りをしたい、などとも書いてあった。一度それを福次郎に通じたが、もちろんダメであった。

「一度奉公に出した以上、身柄は向こうに委せてある」

福次郎はこめかみをびくびくさせながら言った。

「身勝手な望みは捨てて、仕事に精を出せと、そう返事しろ」

栄介はその旨を書き送り、その後の手紙は握りつぶすことにした。なまじ返事を書けば、余計里心(さとごころ)がつのると思ったからである。しかし城介の里心は、単純に故郷の風物に接したいと言うものではなかった。言葉の問題である。栄介が高等学校に入った時、城介から祝いの手紙が来たが、その中で、近頃はやっと落ち着いて生活に慣れた、あの頃帰りたかったのは、国訛(なま)りを笑われて、それがつらかったのだ、と書いてあった。

『ことにここのお内儀(かみ)はひどい女で、主人がいない時よそから電話がかかって来ると、かならずおれに出させる。そしておれが変な応対をすると、手を打って笑いころげるのだ。東京の人間って、薄情な奴が多いよ。しかしもう慣れた』

環境が変わると、すばやく適応出来ない。まごまごする。そんな性質がおれにあるが、城介にもたしかにあると、その一節を読んだ時栄介は考えた。

(つまりおれたちは、不器用な性質を分け合ったんだ)

「矢木さん。かかってますぜ」

加納は栄介に注意をした。栄介はあわてて糸をたぐり上げた。ハゼがくっついて上がって来たが、すでに釣針を腹中深くのみ込んでいた。

「部隊には兵舎はないんです」

加納は栄介のハゼを受け取り、へらを器用に使って針をはき出させながら答えた。

「民家を接収して、そこに寝起きする。テレビの軍隊ものなどで、よく内務班の光景が出て来るね。わたしたちの内務班は、あんなものじゃなかった。だからテレビを見ても、ぴんと来ないね」

「民家というと、やはり独立家屋の――」

「独立？ いや、独立でもない。大家族主義、同族主義というのかな。とにかく一廓が三千坪くらいあってね」

周囲にぐるりと土塀をめぐらしている。その中に家が幾十棟も立っている。ごちゃごちゃと不規則に立っている。一軒だけ大きな棟があって、それにこの一廓の本家が住んでいたらしい。日本軍はそこを中央集会所兼食堂に使用していた。加納ら初年兵は他の小さな棟に、お前たち三人はここ、お前たち五人はここと、戦時中の配給品のように、あちこちに配られた。

各棟はそれぞれオンドルつきで、ほかほかとあたたかかった。初年兵らはやっと生色を取り戻した。

「なにしろ長丁場を、素通しのトラックで飛ばして来たんだからねえ。くたくたにくたびれているし、身体は冷え切っているし、そしてその夕食にはお赤飯に鯛の尾頭つきが出ましたよ。その他甘味品、カス巻きってんですがね、カステラに餡(あん)を入れてロールしたやつ、それに氷砂糖など。それでびっくりして、軍隊というとこはこんな山の中でも、こんなに御馳走して呉れるのかと、がつがつ食べたね。矢木、いや、城介君も」

「食糧は豊富だったんだね」

「ええ。豊富だった。車エビがどさりと輸送されて、初年兵でも一人当たり三匹ずつフライにして食べたこともある。今車エビなんて、やたらに高くて、自分らの口にはとても入らないがね」

疲れただろう、もう今晩は寝かせてやれ、という隊長の言葉で、初年兵たちはそれぞれの棟に戻って寝た。オンドルの上にアンペラを敷き、その上で毛布にくるまって眠るのである。ほかほかとして、あたたかい。そんな好待遇が二日続いた。食事も古兵が運び、あと片づけもやって呉れる。三日目もそのつもりでいたら、いきなり早朝中庭に並ばされ、

「貴様ら、いつまでお客さん気取りでいやがるんだ。生意気な！」

と、総員ビンタが始まった。ちょっと安心をさせて置いて、ぎゅっとしぼり上げる軍隊特有のやり口である。誰が発明したのか知らないが、これはかなり心理的な効果があった。

こうして初年兵教育が始まった。内地の教育と違って、左雲のそれは寒さと砂に対する闘いであった。

「城介は体格がよかった方かね？」

「そうだね。弱かったね」

加納はにやりと笑って、はっきりと答えた。

「わたしも城介君も、町育ちでしょう。米俵を平気でかついで走る農民出や、炭坑で働いていた連中にくらべると、やはり骨や筋肉がひよわだった。苦労しましたよ」

「寒さにかい？」

「いや。寒いのは、誰も寒い。炭坑夫だって寒いです。自分が思うには、冬に召集をかけたのは、寒さのぎりぎりのところを味わせてやろうとの、まあ耐寒訓練の目的もあったんでしょうな。一年経って、また冬が来ると、わたしらも寒さ馴れがして、そう寒いとは思わなくなった。ふしぎなもんですよ」

教育は左雲の城外で行なわれた。城外は砂漠で、砂粒は黄粉みたいにこまかい。軍靴がそれにめり込む。固い土と違ってキックがきかないので、かけ足をするにしても、歩幅一メートルのところが、五十センチぐらいで留まる。城介はかけ足がにが手であった。また小銃を捧げての匍匐前進。これは肱が砂にめり込んで、進行しにくい。加納も下手だったが、城介もそれに輪をかけて下手であった。匍匐前進をやった後は、黄砂がどこからともなくしみこんで、胸や腹の皮膚を黄色にした。

演習がすむと、また列をつくって、城内に戻って来る。城壁の中は夕暮れで、街には物売りや客が群れている。大道に板を敷き、野菜や肉や日用品を売るのだ。そのかしましい声の意味は、加納たちは理解出来ないが、生活の匂いをたたえていることで、強い郷愁を感じさせた。

「その教育期間に、わたしもずいぶん殴られたが、城介君はひどく殴られたね。ことに仁木という上等兵に眼をつけられて、ことごとにいじめられた。やはり彼は足が遅いし、器用な方じゃなかったからね」

「憂欝だっただろうねえ」

「いや。城介君自身はそう憂欝そうじゃなかった。足が遅いのは生まれつきだから仕方がねえや、と笑ってたよ。内心はどうか知らないが、朗らかな男で、同年兵からは人気がありました。何かことがあると、矢木、矢木とたよりにされてさ。人徳だね」

「性質温良か」

「そうも言えるけれど、やる時は思い切ったことをやったよ。他人には真似の出来ないような不敵なことをね。たとえば土塀を乗り越えてパイチュウを買いに行くとか、あっしらはそれを密輸と称してたがね、無検閲の手紙を民間人に頼んで投函してもらうとかさ。ばれるとたいへんなことだ」

「ああ。そう言えば、僕も時々、検閲の印のないのをもらったよ。うちに三、四通しまってあるけれど――」

栄介は視線を宙に浮かせた。

「死体の爪が一寸五分ぐらいは伸びる、という奇抜なやつもあった」

「ああ。それは自分も覚えています」

加納は膝をぽんとたたいた。

「あれは初年兵教育の最後の演習の時だった。死体じゃなく、腕ですよ。しかも女の――」

城介たちは斥候として、月明の河床道を歩いていた。砂漠は歩きづらいので、行軍にしても斥候にしても、出来るだけ河床道を利用する。道と言っても特別の道ではない。水が涸れて、河床が露出しているだけで、しかし黄砂のようにめり込まないから、歩きやすいのである。その河床に白い棒のようなものがころがっていた。

「何だろう?」

加納はいぶかりながら、それに近寄って行った。城介が叫んだ。

「あ。人間の腕だ」

肱から先の腕がごろりと横たわっていた。切り口は不規則で、刃物で切ったものでなく、力ずくでもぎ取ったという感じである。城介は身慄いをしながら、加納にささやいた。

「女のだぜ。どうしたんだろう？」

爪が長々と伸びていたのだ。どの指の爪も平均した長さで伸びていた。

「あれは非常に印象的、と言っちゃ悪いが、あとあとまで思い出して、話題にしたね。ことに城介君は——」

「何でそんなところに女の腕が落ちてたんだね？」

「その時は判らなくて、ぞっとしただけですが、やがて判った。あちらでは死体を火葬にしないで、土葬にする。それを野犬が、向こうじゃ狼と言ってたが、やはり野犬ですな。掘り出してくわえて河床に持って来たんだ。何かの事情で、犬はその腕をそこに置き去りにしたんだね。ところが寒いのと空気が乾燥しているんで、腕は死んでも腐敗しないで、原形を保っている。爪だけは生きていて、伸びるわけです」

「爪が生きているのかねえ」

「自分らも衛生兵になって、軍医なんかに聞いてみたんですが、そんな筈はないと言う。しかしわたしたちは見たんですよ。たしかに爪が伸びていた」

「あちらでは上流の夫人は、わざと爪を伸ばすという話だが——」

「上流の女なら、ちゃんと棺に入れて埋める。野犬が掘り出すわけはない」

加納は力をこめて言った。

「わたしはそれを思い出す度に、しんしんと体がどこかに沈み込んで行くような感じがするね。人間というものは、とにかく独りぼっちというような――」

九

その頃父親の福次郎は、脳出血のため、自宅で倒れた。夕方風呂から上がって、夕刊を読んでいる中、

「少し眼まいがするから、床をとって呉れ」

と立ち上がった瞬間、よろめいて畳にくずれ落ちた。すぐ医者を呼んだが、もう半身がきかなくなっていた。栄介は電報で東京から呼び戻された。福次郎は昏睡の状態にあった。

医師の言では、急になおる病気ではないし、また悪化の徴候もない。気長に安静を保つだけだとのことで、四、五日いただけで、また上京した。その間に、城介に知らせるべきや否やで、栄介と幸太郎は対立した。本当のことを知らせる方がいい、という栄介に、幸太郎は、

「知らせると城介の士気がにぶる。不治の病気じゃないから知らせる必要はない」

と主張した。栄介は内心腹が立った。反対のための反対だと思ったからだ。それに幸太郎は、なるほど福次郎の兄には違いないが、それだけの理由で立ち入って来る権限はもうない筈だ。

若い栄介はそう思ったが、学資を支給されている関係もあって、その場は屈伏した。本家の機嫌をそこねると困るという母親の懇願も、栄介の気持をくじいた。

その論争は、病床の枕もとで行なわれた。福次郎はその論議と無関係に、いびきを立てながら横になっていた。最後に栄介は言った。

「じゃ直ぐ知らせるのは、やめましょう」

「うん。それがいい」

幸太郎は横柄にうなずいた。

「お前はまだ若いから、大人の意見に従うがよい」

子供の頃感じていた幸太郎への畏れが、今反抗に変わりつつあることを、栄介は自覚した。

彼は東京に戻り、一箇月ほど経って、福次郎の病状を城介に書き送った。

福次郎は体を動かせないまま、ずっと寝たきりであった。夏休みに栄介が帰省した時も、頭の機能は回復していなかった。あおむけに寝て、不精鬚を生やし、いくらか瘦せて、眼玉ばかりがぎょろぎょろ光っていた。栄介のことを間違えて、

「おお、城介か。除隊になったのか」

それも発音がはっきりしないので、三度四度聞き返して、やっと判った。彼は父親を哀れに思った。哀れに感じるそのことが、彼にはつらかった。

「そうだ。そうだよ。お父さん」

栄介はうなずいて見せた。

「元気で帰って来たよ」

病室は前庭が見える部屋である。そこが一番風通しがよかった。しかし夕凪ぎの時刻になると、風はぴたりと止んだ。

寝たきりなので、福次郎の背は床ずれを起こしている。暑い時節なので汗が出て、ひどくなる傾向があった。その治療を栄介は自分に課すことにした。福次郎の背は丸まって、脊椎の一箇一箇が突出している。不時の客に見られると困るので、障子を全部しめ切って、膿を拭ったり、ガーゼを取り換えたりする。温気と膿のにおいが、部屋中にみなぎる。

「これがおやじのにおいなのだ」

彼は用心深く手を動かしながら思う。栄介たちが幼ない時、壁にかかった福次郎の着物や外套に顔を押しつけ、

「やあ。お父さんのにおいがする」

その頃の父親の体臭は、衣類にしみついたタバコのにおいであった。それが今は膿と汗のにおいに変わっている。

ある日の夕凪ぎの時のことであった。栄介は病室に坐っていた。すると福次郎が何かしゃべり出した。意味がよく判らない。何度も聞き返して、やっと理解出来た。

「女はまだか。早く階下から連れて来い」

ここはどこだと、栄介は反問した。すると福次郎は隣県の市の遊廓の名を言った。福次郎はその娼家の一軒の二階にいるつもりらしい。県庁時代か会社勤めの時、出張を命じられて、その経験がよみがえって来たのだろう。栄介は答えた。

「ここはそんなとこじゃない。うちなんだよ」

しかし福次郎は納得しなかった。早く連れて来いとじれて、栄介が動かないと見るや、動かせる方の足をにゅっと伸ばして、足指でいきなり栄介のふくら脛を、蟹のようにギュッとはさんだ。それはおそろしいほどの力で、栄介は思わず悲鳴を立てた。病人にどうしてこんな力があるのだろう。

「参った。参った。お父さん」

はさみついて離れない父親の足指を、苦労して外して、栄介はあやまった。部屋を飛び出して三十分経って戻って来ると、福次郎はもうそのことは忘れていた。このことはもちろん、母親や幸太郎には話さなかった。紫色のアザだけが、しばらく栄介の脛に残っていた。——

「その初年兵教育が一番つらかったね」

加納は言った。

「三箇月が終わって、わたしらは大同に移ることになった。北支蒙古と言ってもね、しょっちゅう寒いってことはない。四月末から五月になると、一斉に春が来る」

どっと押し寄せるような感じで、春がやって来る。樹々は芽ぶき、花をつけ、生色天地に満つという時候になる。栄介はちょっと想像に苦しんだ。

「砂漠にも花は咲くのかね?」

ただただ不毛の荒涼たる地帯を考えていたのに、いきなり開花の風景が重なって来たので、彼は戸惑いを感じたのだ。

「砂漠ばかりじゃありませんよ」

加納は苦笑いをした。

「山もあれば、川もある。街や部落の周辺には木が生えているし、畠だってある。風のない日は空が抜けるように青くてね、あれで戦争がなけりゃ、桃源境と言っていいでしょうな。アンズ、リンゴ、ナツメなどの実もなるしね」

「夏は?」

「夏はすごく暑いね。空気が乾き切っているんで、じりじりと照りつける。太陽の直射の下を歩いていると、フライパンでから煎りされているようなもんだ。行軍していると、汗が出て、服にしみ通る。ところが日陰に入って十分も休んでいると、もう汗は乾いて、つまり蒸発してしまうんだね。塩分だけが残って、服の背中など真白になる。大陸性気候と言うんでしょうな。経験しないと判らないが、日本の四季のように和(なご)やかなもんじゃない。夏冬は烈しいんですよ」

大同で各種兵科の募集があった。城介は加納に相談した。なにしろ二人とも所謂(いわゆる)町育ちなので、力仕事には向かない。あまり体力を必要としないのは、衛生兵か縫工兵などである。縫工兵というのは、軍服のほころびを縫ったり、靴の修理をするのが仕事だ。別段経験の有無を問わない。現地でしかるべき教育をしてくれるのである。

「おれは生まれつき不器用だからなあ。縫工兵には向かないよ」

城介は言った。

「衛生兵の方がいい。加納。お前も衛生兵の志願をしろや」

そして城介と加納は志願して試験を受け、合格した。他の聯隊からも来たので、二百名ほどが集まった。皆同年兵である。大同の病院で六箇月の修業を受けることになった。修業の内容はほとんどが学科で、体を動かすのは体育訓練のための体操くらいなものである。

「おそらく一番喜んだのは、城介君だったかも知れないですな。彼にとっては初年兵教育がつら過ぎたからね」

加納はわらった。しかし直ぐに笑いを止めた。

「でも、結局それが、城介君の運命を決定したんだね。縫工兵にでもなれば、生きて還れた筈です」

生活は大幅に楽になった。毎日病院に通って、講義を受ける。夕方宿舎に戻る。第十二聯隊から来たのは十五名で、よその中隊の宿舎を二棟借りて、そこで寝起きした。宿舎は左雲と同じく民家である。だから直接の監督者はいない。同じ土塀の中に階級の上の者はいるが、彼等は自分の中隊のことで手いっぱいで、よそ者の衛生修業者などにかまってはいられないのである。

「初年兵の苦労の大半は、下士官や古兵のものを洗濯したり、ぺこぺこしたり、殴られたりすることだね。それがいっぺんになくなったわけです。病院に行く時だって、代わりばんこに指揮者になって、号令をかけて門から出て行く」

「学科というのは、どんなんだね？」

栄介は訊ねた。

「たとえば包帯の巻き方とか――」

「いや。人体の構造学から解剖学、生理学や薬物学、一応のことを全部、半年間に叩き込まれるわけですよ。城介君は理解が早かった。頭が切れるというか、そんなところがありましたね。でも、怠け者といえば怠け者だったね。怠け者だったが、要領はよかった」

各科の軍医たちから講義を受ける。時々試験がある。城介はヤマのかけ方がうまかった。だから同室の兵隊は、城介からヤマを教わって、いつもいい成績を取った。

「そうかね」

何か心の痛みを感じながら、栄介は答えた。

「自分じゃ要領が悪く、いつもヘマばかりやってると、思い込んでいたよ」

「そうでもないでしょう。夜土塀を乗り越えて、パイチュウを密輸して来るのに、一度も彼は見つかったことはなかった」

そんな小さなことではうまく立ち廻るが、肝腎(かんじん)なところで失敗するのだと、栄介は答えようとして止めた。

「要領がよ過ぎて、失敗したこともあったな。城介君は眼をあけたまま、居眠りをする特技を持っていたんです。それを講義中に発見されて、つまり指名されても眼を開いたままミイラのように黙っているんで、居眠りをしていたと判ったんだね。丁度泌尿器科の講義だった。早速罰に尿道洗滌の実験台にさせられて、その日一日痛え痛えとこぼしていたよ」

十月、修業が終わった。一本立ちの衛生兵となると同時に上等兵に進級する。一般兵より早い。衛生兵だけ特別扱いにするのは、投薬などの命令権を与えるためである。

城介は衛生上等兵として、大同にとどまることになった。毎日医務室に勤務する。朝から各中隊の病人らしいのが、教育上等兵に連れられて診断に来る。診断するのは軍医で、衛生兵はカルテを書いたり、薬をつくったり、包帯をかえてやったり、師団司令部軍医部への報告事務を書いたりする。内務班の仕事はやらない。

「十一月頃でしたかな。一本立ちになり立てのころだった。お父さんが亡くなられたという手紙が来たのは」

「そうだ。その頃だ」

栄介は答えた。

「僕がその手紙を書いたんだ。城介はどうしてたかね」

「勤務を休んで、帰ってしまった。自分らが戻ると、毛布にくるまって寝ていたね。ずいぶん泣いたらしく、瞼がぼったりふくらんでいましたよ」

『父危篤。すぐ帰れ』

という電報を、栄介は東京の下宿で受け取った。彼は映画を見て、帰途酒を飲み、午前一時頃戻って来た。電報は机の上に乗っていた。

栄介はその映画を、今でも覚えている。レオ・マッケリイ監督の『人生は四十二から』というもので、主演はチャールズ・ロートンであった。栄介はその夜かなり酔っていた。

「すぐ帰れって、こんな夜中に――」

栄介はぼんやりした頭で思った。ひどく眠かった。

「汽車なんてありゃしないだろう。それに危篤というのは、もう死んだという報せに違いない」

彼は五分間ほど考え、それから寝床にもぐり込んだ。

翌朝眼が覚めて、枕もとの電報をもう一度読み直した。宿酔で頭がずきずきと痛んだ。昨夜の映画のことを思い出した。

「人生は四十二から始まろうと言うのに、おやじは――」

そう思った時、彼は突然涙が噴き出そうな気分になり、あわてて洗面所に走り、顔をごしごしと洗った。食慾はなかった。彼は朝食も取らず、下宿を飛び出して、東京駅に向かった。

汽車が下関に近づく頃、へんな男が彼の隣の席に腰をおろした。横柄な口調で話しかけた。

「今頃どこに行くのかね？」

その口調で、私服の特高だとすぐに判った。調べられた経験が何度かあったからだ。

「郷里に帰るんです」

荷物を持たないし、帰省にしては時期外れである。特高はそこに不審を持ったらしい。父親が危篤だと説明しても、なかなか信用しなかった。危篤であるとはどうして判ったのか、と食い下がる。

「電報が来たんです」

「その電報を見せて呉れ」

「下宿に置いて来ました」

「ウソだろう」

その私服の説によると、危篤だの死亡の報せがあると、人間は無意識裡（？）にその電報をポケットに入れて、帰郷するものだとのことであった。

「でも、持たないものは仕様がないじゃないですか」

栄介はいらいらしながら言った。

「おやじが死んだのは事実だから、ウソと思うなら、家にでも下宿にでも問い合わせて下さい」

「死んだ？」

私服は栄介をにらみつけた。

「さっきは危篤と言ったじゃないか」

栄介はぐっと詰まった。それから私服はいろいろと、交友関係や経歴など、下関につくまでの一時間ばかり、根掘り葉掘り問いただした。下関でやっと彼は不快な訊問から解放された。

「いやしげな顔をしてたな。あいつ」

連絡船の上から、遠ざかって行く下関市を眺めながら、栄介はあちこち視線を動かしていた。城介と別れて、道を間違えて出た暗い海岸は、どのあたりだろう。ほとんど見当がつかなかった。

「おやじのこと、城介に知らせるのはつらいな」

彼はふっとそんなことを考えながら、下関から眼を離し、船室に入って行った。疲労が重く肩にのしかかって来た。


危篤という電報は、やはり本当であった。あの時福次郎はまだ危篤状態にあったのだ。栄介が家に到着する十時間前に、福次郎は呼吸を引き取っていた。

「何でこんなに遅れたのだ！」

玄関で靴を脱ごうとした時、奥から幸太郎が出て来て、怒鳴りつけた。

「電報は一昨日打ったんだぞ」

帰ったとたんに怒鳴られて、栄介は少々むっとした。しかし弁解の余地はないので、黙っていた。前庭に面した部屋で、福次郎の体はあおむけにされ、顔には白布がかけられていた。眼を泣きはらした母親から、いろいろ事情を聞いた。

白布の下には、福次郎の死貌があった。鬚も剃られ、皮膚の色も若干修正され、眠っているように見えた。おれは泣くだろうか。栄介は汽車の中でしばしばそう思ったが、現実の場にのぞむと涙は出なかった。彼は白布を元に戻した。

「栄介。親の死に目に会えないなんて——」

幸太郎は言った。

「お前は親不孝だぞ！」

幸太郎も亢奮(こうふん)し、悲嘆していたのだろう。当たり散らすことで、ごまかしていたのかも知れない、と後になって栄介は考える。

いろんな仕事があった。人が一人死ぬと、周囲の人は俄かに忙しくなる。生まれた時は、ほとんど誰も騒いで呉れない。忙しがることで、気を紛れさすという人間の智慧なのか。

幸太郎は栄介が戻っても、一切の采配をふるっていた。栄介は幸太郎の指図で、役所に行き、用紙をもらって、医師を訪れた。死亡診断書をつくってもらうためだ。

「敗血症ですな。死因は」

若い町医は彼に説明した。床ずれから化膿菌が入ったのだ。

「動脈硬化で心臓も弱り、皮膚まで栄養が廻らない。そこで床ずれになってしまうのです。看護が足りないせいじゃない」

「意識はあったのですか？」

「いや。ずっと昏睡状態でしたね」

診断書をもらって外に出て、栄介はせかせかと歩いた。悲しみよりも、ほっとした気分があった。看護の手落ちでないこと、死の苦痛がなかったらしいことが、栄介の気持をすくった。

「親の死に目に会えないなんて――」

彼はいまいましげに礫を蹴った。

「昏睡状態だから、仕方がない。こちらが会っても、おやじはおれに会えないのだ」

栄介は気分を変えるために、海岸に出た。白い砂浜には漁舟が並び、網が干されている。波打ち際には名も知れぬ海藻が打ち上げられ、子供たちが石を投げたりして遊んでいた。静かな内海である。福次郎は釣りが好きであった。栄介も城介も釣りが好きなのは、父親の感化でもある。栄介は波打ち際まで行き、貝殻を五、六箇拾い、ポケットに収めた。

「そんな差し出口はよしてもらいましょう」

栄介は怒りをこめて言った。彼は酔っていた。疲労は烈しかったのに、神経の末梢がぴりぴりしていて、酔いがへんにこじれていたのだ。

「ここは僕たちの家だ。僕たちの家のことは、僕たちがやる」

少しこちらも言い過ぎだったし、短慮だったと、今にして栄介は思う。しかし幸太郎も横柄過ぎた。と言うより、世話を焼き過ぎた。幸太郎にとっては、葬儀の手続きひとつも出来ない遺家族を、見るに見かねたのだろうし、自分は本家だから世話をするのは当然だとの気持もあったのだろう。しかし栄介たちの無能さを通夜の話題にして、城介を引き合いに出したのはまずかった。幸太郎は育ちが育ちで、他人の感情を重んじる習慣がほとんどなかったのだ。

「第一城介の名を出すなんて、不謹慎じゃないですか」

「城介の名を出して、何が悪い」

意外な、という表情で、幸太郎は言い返した。

「城介は商売柄、こんなことをうまくやるだろうと言ったまでだ」

幸太郎は近頃また肥って、皮膚もあぶらぎっていた。酒がはいっているせいもあって、額や頰だけでなく、首のつけ根のコブも、つやつやと光っていた。福次郎の死貌が頰がこけているのと、正反対である。

「お前たちには、何も出来ないじゃないか」

帰郷して親不孝者と言われて以来、栄介の悲しみはしだいに隠微な怒りに変わりつつあった。それは酒と共に急にふくれ上がった。ふくらんで弾けた。

「帰れ！」

栄介は怒鳴って立ち上がった。

「伯父さんなんか、ここにいてもらいたくない。人間の死とは、もっと厳粛なもんだ」

後年時々この台辞(せりふ)を思い出して、気障なことを言ったものだと、栄介は身がすくむような嫌悪感におちいる。

「お前。そんなことを言っていいのか」

幸太郎も片膝を立てた。座がしんとしらけた。とめ役には誰も出ない。母親は台所で酒の燗(かん)をしていたし、弟と妹は部屋の隅に身をすくめていた。座にあるものは福次郎の会社の同僚や、県庁時代の友人たちである。幸太郎とほとんど面識がないし、あるいは幸太郎の大言壮語を内心面白くなく思っていたのだろう。幸太郎は一座を見廻した。あきらかに調停役を求めている表情であった。しかし誰も動かなかった。

「よし。それなら帰る」

幸太郎は憤然として、玄関に出て行き、台所の方に声をかけた。

「おフデさん。わしは帰る」

母親があわてて飛んで来た時、幸太郎の姿は外の闇に消えていた。

やがて客が皆帰ったあと、栄介は母親にひどく叱責された。この葬式の人手や費用はほとんど幸太郎から出ていること、それなのに何というひどい仕打ちをしたのかと、母親は声を慄わせて怒った。彼は頑固に自分に閉じこもり、あるいはふてくされた態度で、無言で聞き流していた。

やがて独りになり、彼はふかぶかと布団の中にもぐり込んだ。瞼の裡に暗い眼花が乱れ散った。その時、突如として彼の胸に、福次郎の死が実感として押しよせて来た。彼はうめいた。

「おやじはもう死んだのだ」

栄介は海老のように身体を曲げ、声を忍ばせて泣いた。


翌朝、彼は幸太郎の店にあやまりに行った。店先には海産物のにおいがただよい、木箱や縄が散乱し、店の者が忙しげに動き廻っている。戦争のために、受注や発送が多くなったのだ。栄介は店の横のくぐり戸を入り、母屋の玄関に立って案内を乞うた。

やがて幸太郎が出て来た。朝酒を飲んだらしく、顔色がてらてらと赤かった。上がれ、とは言わず、上がり框につっ立ったまま、鋭い眼で栄介を見おろした。

「何だ。何の用事だ?」

「昨夜のことは、僕が悪かったと思います」

栄介は帽子をとって頭を下げた。

「疲れている上に酔っぱらって、無礼なことを言ってすみません」

幸太郎はしばらく返事をしなかった。やがて口を開いた。

「あやまりに来たのは、君の意志か、それともおフデさんの命令か?」

幸太郎は今までに栄介のことを、君、と呼んだのは、これが初めてである。栄介は背を反らした。

「両方です」

二人はお互いの顔を、さぐるようにじっと見合っていた。

「判った。酔った上のことなら、忘れよう」

少し経って幸太郎は言った。

「告別式は二時からだったな」

三時過ぎに、福次郎と貝殻をおさめた棺は、前庭を通って、霊柩車(れいきゅうしゃ)に乗った。一週間ほど栄介は家で休養し、それからまた上京した。

その翌月から、幸太郎からの送金は途絶えた。栄介はアルバイトによって学資を得ねばならない破目におちいった。

十

胴の間で加納の手料理のてんぷらが揚がり始めた。栄介が持参したウィスキーの栓があけられ、湯吞みに注がれた。てんぷらはうまかった。店で食べるのと味が違っている。油のにおいが海風に散って、こもらないせいなのだろう。

「あちらの人間はね、鍋一つで何もかも料理するんです。いや、こんなちゃちな鍋じゃない」

加納は長箸で揚げ鍋をちょんちょんと叩いた。

「大きなのは盥ほどあって、厚みもこのくらい、一寸以上ある。それでお粥もつくれば、肉や野菜も煮る。煮るというより、いためつけるんですな。岩塩で味をつける。台所用品というのは、この鉄鍋だけだ。彼等にとっては、唯一の貴重品なんですよ」

「あんたたちも使ったのかい?」

「ええ。時々使った。便利なもんです」

加納は湯呑みをすすった。

「野戦に出かけた時などにね。内地では春と秋に大演習と称して、富士山麓あたりで演習をやるでしょう。向こうじゃそのかわり、春と秋に掃蕩作戦をやるわけです」

かなり大規模な掃蕩作戦で、一箇月ぐらいかかる。怪我人や病人も出るので、衛生兵もついて行く。乗りものはない。歩いて行くのである。

歩兵と違って小銃は持たないが、拳銃を与えられる。赤十字のついた救急箱を持って歩かねばならぬ。そう楽な行軍ではない。でもそれは初年兵の時だけで、だんだんコケが生えて来ると、驢馬を一頭どこからか持って来て、その背中に袋を振り分けにして、薬品を運ばせるようになった。

「その点城介君は大胆でしたな」

薬品だけじゃなく、自分の好きな酒とか、ヨウカンとかパイ罐を入れて、薬品に見せかけて運ぶ。春と秋だから気候はいいが、それでも足の弱い城介には苦労であった。驢馬をさがすのに、城介はたいへん要領がよかったのも、かついで歩く苦痛から逃れようとの熱意からである。討伐中は部落に泊まる。肉や野菜は現地徴集が多く、それらをれいの巨大な鉄鍋で調理するのである。食うものにはそう不自由はしなかったが、困るのは水であった。あちらの生水は飲めない。井戸もすくない。その井戸も数十メートルという深さで、桶一杯を汲み上げるのに、時間がかかる。まごまごしていると、自分の水を得るのに一時間も二時間もかかり、それだけ食事が遅れるということになる。

「討伐さえなけりゃ、軍隊生活もラクなんだがなあ」

城介はしばしば加納にこぼした。

「とにかく早く勤め上げて、帰りてえや」

こうして二年経った。その間にある者は本部に残り、ある者は分隊に派遣され、ばらばらになった。後輩の衛生兵が続々出て来るので、経験のある古兵はどうしても前進基地に転属されるのである。

昭和十四年正月入隊の衛生兵全部に、大同に集結するようとの命令が降った。

その時城介は左雲の近くにいたし、加納は前線の小さな部落の分遣隊に属していた。

「分遣隊と言っても小規模なもんでね、隊長が曹長、全員二十四、五名です。衛生兵一名、通信兵が一名」

部落近くの丘の中腹に横穴を掘り、両側に出入口をつくる。つまり隧道(トンネル)である。出入口には機関銃でそなえる。周囲の山々は八路軍がひそんでいる。最前線と言ってもよろしいが、大した戦闘というものはない。

「自分がそこにいたのは三箇月ぐらいなもんですが、敵兵の姿はほとんど見なかったね」

加納の頰はウィスキーでかすかに染まっていた。

「夕暮になると、彼方の山からカタカタカタッと十発ばかり打って来る。チェッコ機関銃です。こちらもその方向にドドドッと十発お返しをする。これが、おやすみなさい、という挨拶ですな。しゃれたもんだね。一日の戦闘というのは、それっきりだ」

「何故敵は襲撃して来ないのかね?」

栄介はいぶかしく訊ねた。

「そんな少人数なら、かんたんだろう」

「そうだがね、八路軍の本当の敵は、国府軍なんですよ。日本兵なんかを相手にしては損だ。人員だの武器は温存して置きたいんだね。だから討伐に行くと戦闘になるが、向こうから積極的に攻めて来なかったね」

「すると分遣隊も呑気なもんだな」

「そうですよ。飯を食う他には、何も仕事がない。花札をひいたり、将棋を指したり、昼寝をしたり、酒など飲んでごろごろしているわけだ。ええ。将棋は手製です。将棋の駒をつくったやつに聞いてみると、あちらの黄楊は日本の黄楊にくらべて、年輪がつまっていて、三倍ぐらい堅いそうです。やはり自然が苛烈で、そうなるんだね」

「じゃ衛生兵も暇だろう」

「そうだね。患者が一人いた。川辺という軍曹だったが――」

そんな隧道に一日中閉じこもっていると、だんだん欝屈して来る。女気が欲しくなる。川辺軍曹は衝動的と言おうか無茶な性格と言おうか、思い立つと我慢が出来ない性分で、白昼でも裸馬を駆って砂漠をつっ走り、後方の部落に私娼を買いに行く。白昼なので、敵にねらい討ちにされる危険が充分にあるし、実際狙撃されたこともある。弾丸は当たらなかったが、私娼から悪い病気をもらって来た。彼等は私娼のことをショウトルピーと呼んでいた。

「ちぇっ。あのショウトルピーの奴！」

口惜しがっても、もう遅いのである。川辺軍曹がこの分遣隊唯一の患者になった。加納の一日の仕事は、この川辺の治療だけであった。

「ちょっと見には温良そうなやさ男だったがね、気性は烈しかった。やくざによくあるような型ですよ」

あの病気はなかなか癒りが遅い。まだペニシリンなどない時分である。川辺はじれた。人骨を粉にしたのをのむと卓効がある、という話をどこからか聞いて来て、それを実行しようとした。半年ほど前、敵の密偵をつかまえて、射殺して土に埋めた。

「それを川辺軍曹は思い出したんですな」

加納は言った。

「その頭蓋骨を掘り出して来た。そんなの効く筈がないと言っても、衛生兵如きの言を聞く男じゃないんです」

掘り出して来ただけなので、頭蓋骨はまだ堅い。川辺はそれをだるまストーブに入れ、七日七晩かかってかんかんに焼き上げた。骨というのは頑丈なもので、ストーブぐらいの熱では破片にはなるが、粉にはならない。

「川辺はその破片を飯盒の蓋に入れ、金槌でしきりに叩いてたね。いくら叩いても、粒状になる。粉には絶対になりませんでしたよ。骨が新しかったせいかな」

川辺は粉にするのをあきらめて、その粒状の人骨を服用した。その夜彼は突然発熱し、水銀柱は四十度に上がった。

「無茶なことをするもんだねえ」

栄介は言った。骨の話だけに、ぎくりとこたえるものがあった。

「それでその男、どうした?」

「どうしましたかねえ」

加納は遠くを眺める眼付きになった。

「翌朝、交替の衛生兵が到着して、自分は大同に行くことになったんです。何のために大同に集まるのか、わたしはまだ知らなかったけれど、同年兵たちに久しぶりに会えるのが嬉しくてね。もしかすると召集解除になって、日本に帰れるかと思って——」

二百名の同年衛生兵は大同に集まった。召集解除だと思ったら、下士官に志願せよ、との勧告である。戦争は拡大し、あるいは泥沼におちいりつつあった。下士官を充実させて置く必要があるという首脳部の方針からである。皆の気持は拒否に傾いていた。兵隊なら帰れる見込みがあるが、下士官というといわば職業軍人なので、当分帰れない。

その気配を察して、軍医部長が異例の訓示をした。諸君の考えは間違っている。下士官教育をするのはお前たちのためであって、志願して教育さえすませば、予備役にしてすぐに帰す。云々。

「部長のお説教はどうもくさいぞ」

と言い出したのは城介である。一年ぶりに見る城介は、すこし肥って、元気そうに見えた。話がおかしいとは、加納も直感していた。加納だけでなく、同年兵のほとんどが。

結局勧告でなく、半強制的に彼等は試験を受けさせられた。皆その気持がないので、答案用紙にいい加減なことを書いたり、ウソを書いたり、また白紙のまま出したりした。志願の意志のないことを、それで表明したわけである。集団的なレジスタンスでなく、個別的なそれが一致したのだ。

ところが皆合格してしまった。

「試験がすんだら、直ぐに皆は伍長の肩章をつけられてしまった」

加納は笑いながら言った。

「そして予備役伍長となり、現地でもって即時召集になったんだ。帰るどころの話じゃない。一杯食わされたわけです」

それで城介と加納はまた一緒になり、第一野戦病院に転属を命じられた。病院の所在地は厚和である。蒙古での軍隊生活が、こうして始まった。


「城介はその時、もう喘息にかかっていたかね」

栄介はウィスキーの二杯目を注ぎながら訊ねた。

「あれの治療法は?」

「ええ。発作を時々起こしていたね」

ひねハゼを器用に裂いて、加納は答えた。

「治療としてはアドレナリンの皮下注射、エフェドリンの内服ぐらいなもんですな」

「パビナールは?」

「まだ使ってなかったと思う。オルドス作戦の頃からじゃないかと思うね。でも彼は、自分のことを、あまり語りたがらなかったね」

加納はハゼを鍋にじゅっと投げ込んだ。

「自分は城介君とあんなに仲がよかったのに、身の上話はほとんど聞かなかった。あんたのことは言ってたよ。自分にはふた児の兄がある。おれの方が先に生まれたのに、弟になったのは変な話だって、笑ってたよ」

「それだけかい？」

「うん。いや。もう一人の兄貴のことも、聞いたことがある。共産党になって、病院で自殺したんだってね」

「自殺？」

栄介は思わず大声で反問した。

「自殺したって？」

「あんた知らないのかい。そりゃ言うんじゃなかったな」

城介が加納に話したのは、その自殺の方法であった。丁度その頃、便所で首をくくって死んだ兵隊があり、それからその話になった。

「おれの長兄も縊死したんだ。ただしぶら下がりじゃない」

ベッドの鉄枠にネクタイを結び、頸を突っ込んで、体を床下に落下させた。絞首刑と同じやり方である。その方が見苦しくないし、頸骨が砕ける可能性もあって、苦痛がすくないという城介の説であった。

「ほんとかねえ」

栄介は首をかしげた。城介がとっさにつくり話をしたのか、といぶかった。竜介の死についての記憶は、ただ暗欝な肺病棟の記憶だけである。おそらく城介のもそれだけであろう。栄介と城介は、故郷においても東京においても、ほとんど長兄について話を交すことがなかった。あるとしても、

「竜兄さんが今生きてりゃ、いくつになるのかな」

という程度で、つまり二人にとって竜介は、すでになじみのない過去の人であった。

（しかしあの時――）

と栄介はちらと考えた。

（おれたちは竜介の死顔を見せてもらえなかった。幼いおれたちにショックを与えたくなかったのか、それとも――）

自殺であったなら、その事実を誰が城介に教えたのか。しかも縊死の状況まで詳しく。そしてなぜ城介はそのことを、栄介に教えて呉れなかったのか。栄介は瞬間的に昏迷を感じながら言った。

「そりゃきっと城介のつくり話だよ。あいつは時々人をかついで、喜んでいたからね」

「そうかね」

加納はさりげなく答えた。揚がったハゼを皿に移しながら、話題を変えた。

「でも、城介君は怒っていたね。教育終了と共に帰す約束なのに、蒙古くんだりまで追いやるとは、ひでえぺてんだってね。彼も白紙答案の組なんですよ。白紙で合格とは、わたしも無茶だと思う。城介君は喘息のせいもあって、早く帰還したがっていたよ」

「厚和の生活は、つらかったのかね?」

「いや。楽だった。もう初年兵じゃなく下士官だからね。大同から汽車に乗って、万里の長城を出る。長城を出たからって、そう風物が一変するわけじゃない。遊牧民族のパオなんかがあって、それが珍らしかったくらいなもんです」

勤務は暇であった。暇というより、仕事はほとんど後輩の衛生兵に押しつけて、もっぱら休養をとる。時々遊牧民族のパオなどにも遊びに行った。彼等は冬の間は土でかためたパオに定着するが、気候がよくなると羊群を連れて、軽装で湿原地や草地を転々とわたり歩く。彼等は、野菜を栽培しないし、また食べない。

「あいつらは、ビタミンCをどうしているのだろう」

加納も城介も衛生下士官なので、いつかそんな疑問を起こしたことがある。結局羊の乳(乳は完全食だから)から摂っているのだという結論が出た。その他支那茶を円型に乾し固めたのを持って歩いていたし、日本茶を土産に持って行くと、たいへん喜んで、おかえしに乾肉をくれたりした。総じて素朴にして純情な民族である。

「あんな生活も悪くはないな」

城介は時折加納に感想を洩らした。

「おれみたいな不器用な男は、あんなぶらぶらした生活が似合う。生存競争はイヤだ」

十一

「そうか。城介は身の上話をあまりしなかったか」

栄介は波を眺めながら、ひとりごとのように言った。午後になって、すこし風が立ち始めていた。

「子供の話はしなかったかね？」

「子供？」

「うん。人妻に生ませた城介の子供のことさ」

加納はしばらく黙っていた。艪を動かして、舳(へさき)を風上に立てた。

「したね。あれはオルドス作戦に出発する時だった。城介君はわたしに、おれに万一のことがあったら、どこそこの家に行って、自分の最後のことを伝えて呉れ。そして子供の顔がおれに似ているかどうか確めて呉れと、地図と名前を書いてわたしに手渡したよ」

加納は伏目になったが、すぐに頭を反らした。

「しかしわたしはそれを焼いてしまった」

「いつ？」

「城介君が自殺をした時さ。彼と一緒に焼いてしまった。当人が自殺したのに、何も他人のわたしが確かめる必要はないと思ってね」

「その人妻の名は、何て言った？」

「もう忘れた。憶い出さない。勤めている先のお内儀さんと言うことは覚えているけれど」

「勤め先の？」

「そう。向こうから誘惑されたらしい。そう彼は言っていたよ」

栄介は凝然として黙っていた。勤め先のと言えば、あの葬儀屋の女房に違いない。栄介が大学生の時金を借りに行くと、葬儀屋は無表情で女房を呼び、金を持って来させた。若い、と言ってもその頃三十前後だったが、肌のきれいな、笑うと笑くぼの出る、葬儀屋にはもったいないような美しい女であった。初めてその女房の顔を見た時、彼は意外に思ったことを覚えている。城介の初期の手紙で、彼の言葉の訛りを嘲笑する意地悪な女と思っていたのに、思いのほか感じのいい女だったからだ。

「そうかねえ。そんなものかねえ」

栄介は誰に言うともなく言った。

「城介はあの女を嫌っているものとばかり思っていた。加納さん。勤め先は何商売か、彼は言ったかい？」

　加納は首を横に振った。

　城介の遺骨を名古屋から持って帰り、納骨をすませて十日ほどして、葬儀屋の内儀は子供を連れて、墓参に来た。墓参と言うより、退職金を含めた香典を届けに来た。それは予想したよりもずっと多額の金であったらしい。母親は言った。

「やはり葬儀屋というのは、義兄さんの言った通り、儲かるもんだねえ。たくさん持って来たよ」

「そうかい」

　栄介はその金額は聞かなかった。

　彼は内儀を矢木家の墓に連れて行った。寺は汽車に乗って、四駅目の田舎にある。住職は福次郎と中学が同級で、そのせいで菩提寺に定めた。墓の中には、すでに福次郎と竜介と城介の骨が眠っている。内儀は十分ほどその前で合掌していた。

　墓地は丘の中腹にあった。日だまりの枯芝の上に坐り、栄介は女の子に言った。

「どうだい。きれいな海だろう。東京じゃ見られないよ」

　松原の向こうに、冬の海が見えた。海は日光を反射して、きらきらと光っている。女の子は返事をしなかった。退屈しているらしく、小径を登ったり、かけ降りたりしていた。

（それが城介の娘だったというわけか）

　栄介は子供をあまり好きでない。だからその子の顔もよく覚えていない。城介に似ているかどうか、注意すらしなかった。

それが栄介が内儀に会った最後である。内儀は娘と一緒に、別府の親戚の方に廻るというわけで、駅で別れた。

「あたし、近頃神経痛が出ましてね」

内儀は言った。

「半月ばかり別府で養生しようと思ってますのよ」

「娘？　女の子だったのかい？」

加納はびっくりしたように言った。指を折って数えた。

「するてえと、今生きてりゃ、二十五か六ぐらいだ。あの頃の自分らと大体同じ年頃だなあ」

「そういうことになるね」

「もう結婚して、子供が出来ているかも知れないね。すると城介君はお祖父さんというわけか」

加納はそう言って、ぼんやりした視線をスモッグの彼方の太陽に向けた。栄介もしばらく黙っていた。時間の経過の空虚さが、しみじみと胸に湧き上がって来た。

「その女の子、城介君に似てたかね？」

「いや。赤いセーターを着ていたことは覚えているが、顔は忘れた」

栄介は答えた。

「相手が人妻だとは言ってたが、葬儀屋の内儀とは知らなかった。あんたの説明で、今判ったんだよ。自分のことは自分で決着をつけるからって、相手の名は教えて呉れなかった」

「葬儀屋？　彼は葬儀屋に勤めてたんですかい？」

栄介はうなずいた。

「へえ。わたしゃ彼が小さな会社にでも勤めていたのかと思っていた」

「その地図と名前を書いた時、城介はもうパビナールを使用――」

「多分そうだと思うな」

加納は道具をしまいながら答えた。

「アドレナリンとかエフェドリンなんか、あまり効かないんですよ。症状をやわらげる程度で、時間が経たなきゃ発作はおさまらない。しかしパビアトを打つと、とたんに苦痛がぴたりととまるんだね。自分らは衛生下士官だから、薬品の管理を委されている。パビアトの数量など、ごまかそうと思えばごまかせるんだ」

「あれは気持のいいものかね」

「いや。わたしも衛生兵時分に、一CCの半量を冗談半分に打ったことがあるが、冷汗が出て、はげしい吐気がしてね、えらく気分が悪かった。もうそれでこりて、二度とは打たなかったよ」

加納ははき出すように言った。

「それからオルドス作戦でしょう。これは恒例の掃蕩作戦じゃなく、大掃蕩作戦なんだ。何のためにあんな大作戦をやったのか知らないが、目指すのは五原というところです」

「オルドスとは地名かい」

「オルドスというのは内蒙古の一部で、長城と長方形の流路をとる黄河との間の地域のことですね。ほとんどが砂漠かステップ。ステップてえのは草原地帯のことでね、雨が降ると草原地帯になるが、乾燥期には何てえか、不毛の地になるんです。そこを通って、五原に攻めて行ったんだからね。五原が武器の集散地で、そこから八路軍が武器を仕入れて増強しているということだった。そこを叩けというわけで、ムリをしたんだな。こちらにもたくさん犠牲者が出ましたよ」

オルドス作戦は昭和十五年から十六年にかけての冬期に行なわれた。部隊は汽車に乗って、包頭鎮まで行く。敵もこちらの作戦目的や兵力を知っている。ゲリラが出てレールを破壊したり、鉄鋲(てつびょう)を外(はず)したりする。それを排除して進むのだから、遅々として進行がはかどらない。包頭鎮から先は徒歩である。荒涼たる砂漠や枯草のステップを行軍する。

「一番多かったのは、凍傷だったね。春秋の掃蕩作戦と違って、冬でしょう。戦闘だから、厚い毛皮の手袋じゃ、小銃が打てない。足だってぼたぼたの靴をはくと、砂漠じゃ歩けないしね。不思議なことに、いや、不思議じゃないかも知れないが、顔だけは寒気にさらしても、凍傷にはかからないね。必ず手足だよ」

凍傷にも三段階あって、血の気を失って白くなるのを一度、紫色のチアノーゼが二度、三度は炭化して真黒になってしまう。火傷とそっくりの進行をたどる。炭化したのなどは、切り取ってしまう以外にはない。切り取る前後の苦痛には、パビナールなどが使用されるのだ。

「城介君はきっとこのオルドス作戦で、パビナールの常用者になったと、わたしはにらんでるがね」

加納は説明した。

「野戦病院はとてもいそがしい。それにずんずん移動して行くから、喘息なんかの発作を起こしては、ついて行けない。手っとり早い療法として、パビアトで鎮めている中に、中毒になってしまったんだ」

それから疫病もずいぶん出した。シラミによる発疹チフス、水からの伝染病、その他。

この作戦で一番困ったのは、水である。水が乏しいだけでなく、水質が悪いのである。給水専用車や、ドラム罐を積んだトラックで補給するが、数が少なくて廻り切れない。城介らはある時、雪を解かして水にして、飯盒（はんごう）で飯をたいたことがある。飯が出来上がって、城介はあっと驚いた。

「何だ。こりゃまるで粟飯（あわめし）じゃねえか」

雪は天界の黄塵（こうじん）を含んで、地上に落ち、それが飯を黄色に染めてしまうのである。

地隙（ちげき）というものがある。地球を人体にたとえるなら、そのひびかアカギレみたいなものと思えばいい。それが行軍路の随所にあった。小さなのは塹壕程度のものから、大きいのは幅数百メートル、深さも百メートルぐらいのもあって、両岸は切り削ったような崖や急斜面になっている。

「アメリカにグランド・キャニオンと言うのがあるね。行って見たことはないけれど、あれに似ているんじゃないかと思うね」

加納は言った。

「その急斜をジグザグに降りる。たいてい谷底には水っ気があって、凍っている。それを解かして煮沸して飲んだりして、また崖をよじ登る。すべり落ちる奴もいるしさ」

仁木軍曹がすべり落ちて、背骨や足を折って、やがて死んだ。仁木というのは、初年兵教育の時、城介をひどくいじめた男である。野戦病院に運ばれ、偶然城介の担当になった。

「わたしゃ仁木の死んだことは知らなかったがね。城介君はこう言ってたよ。仁木は城介君に、おれが死んでお前は嬉しいだろうなと、にらみつけたそうだ」

加納は慨嘆した。

「二人は相性が悪かったんだね」

「そう言われて、城介はどんな気持だったんだろうな」

「戦争はイヤだ。つくづくイヤなもんだと言ってたね。今まで厚和で楽な生活をしていたでしょう。それが急に苛烈な戦闘に引っぱり出される。誰だってやり切れないですよ」

栄介は広漠としたステップを想像し、突如として眼前にあらわれる巨大な地隙を思い浮かべようとしたが、やはりうまく行かなかった。

「それでとにかく五原まで行ったのかね？」

「わたしたちは行かなかった。最前線部隊が突っ込んで、五原を占領して、直ちに反転した。ただそれだけのために、砂漠を歩き、地隙を降りたりよじ登ったりしたんだ。何千何万という将兵がだね」

加納は舌打ちをした。

「五原を一度は攻略したんだから、作戦として、成功したといえば成功したんでしょうな。しかし犠牲者が多過ぎたよ。途中で包囲されて、ほとんど全滅した小隊もあるしさ。そんな犠牲を出すくらいなら、厚和あたりに飛行場をつくって、飛行機で爆撃すりゃ、話は簡単じゃなかったのかと、今自分は思うんです」

加納は掌をかざして、太陽を見た。太陽は赤い盆のように、光っているというより、空に懸(かか)っていた。

「もう戻りましょうか」

加納は掌をおろして言った。

「自分のとこで一杯やりませんか。その当時のアルバムもあるし」

「うん。そうしようか」

栄介は賛成した。さっきから尿意を催していたし、胴の間であぐらをかいたままだったので、背骨がしんしんと痛み始めている。釣竿がたたまれ、魚籠が引き上げられた。エンジンがポカポカと調子のいい音を立て、舟は岸の方に動き始めた。

「大漁旗でも立てると景気がいいがね、今日は話の方に身が入って、ろくに釣れなかったな」

加納は鉢巻をしめ直して言った。

「あそこにノリヒビがあるでしょう。あれも今年まででね、来年からなくなるんだ。業者は補償金をもらって、転業する」

「あんたの商売はどうだね？」

「まあね」

声は潮風に千切れ飛んだ。

「東京湾にハゼがいる限りは、どうにかやって行けるだろうと思うんだがね。終戦後イワシがさっぱり獲れなくなったでしょう。あんな具合にハゼがいなくなったら、お手上げだ。まあ、その時はその時で、どうにかなるよ」

「えらく簡単に割り切るね」

「やはりこれも戦争のおかげですよ」

加納は笑った。

「そのあとニューギニヤでしょう。二百人の同年衛生兵の中、今生きているのは何人かな。十人かそこらです。初めの中こそ、何でお前らはおれに断わりもなく死んじまったんだ、理不尽じゃねえか、と思ってたんだが、今はもうあきらめたね。あきらめると言うより、運よく生き残ったんだから、彼等になりかわって、生きたいだけ生きてやろう。長生きしてやろうという気分だね」

断わりもなく死んだ、という言葉には実感があった。それはきりきりと栄介の胸にしみ入った。

岸についた。栄介は舟を出て、石段を上がった。厠は囲いだけで、小便は直接川に落ちる仕掛けになっている。排出し終わると、どっと疲労が肩にかぶさって来た。

(今日一日で、城介の軍隊生活のほとんどを聞いたんだからな)

厠を出て、ゴカイくさい手を石鹸でごしごし洗いながら、栄介は考えた。

(疲れるのも当然だ)

道具や釣竿をかかえて、加納は石段を登って来た。店の方に大声をかけた。

「おおい。奥の間でお客さんたちと一杯やるから、用意しな」

「そこらでちょっと横にさせて呉れないか」

栄介は自分の肩をたたきながら頼んだ。

「くたびれたんだ」

「長話で肩が凝ったんかね?」

「いや。この間バスから辷り落ちてさ、背骨を痛めたんだ。あぐらをかくと、そこが曲がり放しになるだろう」

奥の間で座布団を二つ折りにして、栄介はあおむけに寝た。背骨がぎしぎしと鳴るような気がした。眼を閉じると、瞼のうらにうっすらと涙が滲んで来るのが判る。舟の中と違って、家の中にはさまざまなにおいが、生活のにおいがただよい揺れていた。長い絵巻物を見終わったあとの、ぽつんとした空虚な感じがあった。

「そうか。相手は葬儀屋の女房だったのか」

彼は眼を閉じたまま呟いた。まだ疑念は残っていたが、彼にはもうどちらでもいいことであった。

「もしそうだとしても、あの娘は葬儀屋の子として育ったのだろう。そして子供を生む。その子供は、祖父が地隙を越えて進軍したことも知るまいし、ベロナールで自殺したことも知らないだろう。人間のやったことは、歳月とともに順々に忘れ去られてしまうんだ」

足音が近づいて来た。栄介は眼をあけた。加納がそこにいた。

「これ、アルバムなんだがね。これはわたしだよ」

アルバムの一頁目に、上等兵の肩章をつけた若い男の写真があった。栄介は頭を起こして、思わずうなった。

「なるほど。これがあんたかね」

栄介は加納の顔を見て、また視線を写真に戻した。写真の像は若々しく、とりすまして、希望の色を眉宇に滲ませている。

「なるほど。若いねえ」

「もう二十年も前だからね。若いのは当たり前だよ」

加納は答えた。

「用意が出来上がるまで、しばらくこれを見てなさいよ。ほら、これが大同の山西銀行の建物だ。この中で自分らは下士官教育を受けたんです」

その建物を背景にして、三人の兵隊が立って写っていた。右端の兵隊が城介であることは、一目で判った。栄介は眼を凝らせて、しばらくそれに見入っていた。

十二

舟宿の奥の間は八畳の部屋で、壁面には魚拓が何枚かかかげられていた。すべて尺余のばかりで、獲った場所と日時が記されている。縁側にはふりの釣人用の駄竿が、束ねてある。押入れが広く取ってあって、宿泊の設備も出来るらしい。床柱はつるつるしているのに、縁はざらざらと木目が出ている。おそらく舟を解体してつけ足したものだろう。

「どうだい。疲れたかね」

私は栄介に訊ねた。

「背中の具合はどうだ？」

「ああ。少しラクになった」

栄介は背を起こした。

「やはり坐りづめは、まだムリだな」

その時加納が店の方から、黒い陶器の瓶をぶら下げて、部屋に入って来た。卓の前にあぐらをかいた。

「これがパイチュウです」

湯呑みに注ぎ分けた。

「先だってあるお客さんと、その人は戦時中満州に行っててね、これの話が出たら、その次の時土産に持って来て呉れたんだ」

私は一口含んだ。ちょっとした癖があるが、味は悪くなかった。私は訊ねた。

「これ、何からつくるんです？」

「高粱（コーリャン）だね」

加納は舌を鳴らした。

「これはどうも内地製らしい。向こうのはもっときつかったような気がする。もっともわたしの手が上がったせいかも知れないがね」

「密輸というと、瓶ごと買って――」

「いや。一升瓶やビール瓶を持って、はかりで買って来るんですよ。さあ。一升でいくらぐらいだったかなあ。なにしろ二十年も前のことだから」

内儀さんがかんたんな肴を運んで来た。栄介もごそごそ這って、卓に近寄って来た。外はまだ明るかったが、部屋は北向きなので、軒端には少しずつ夕昏がたまり始めていた。

オルドス作戦から厚和に戻り、またばらばらに各守備隊に配属される。加納と城介はそこで別れる。

加納は山西省霊丘県に行かされた。加納は第二大隊の第八中隊、つまりどんじりの中隊なので、一番山の中の分屯隊に廻された。もう軍曹になっていたので、勤務としてはそうつらくない。

昭和十六年十一月、加納に第一野戦病院に転属の命令が来た。命令が来たと言っても、山の中だから直ぐには動けない。分隊長も有能な衛生下士官を離したがらない。すこしぐらい遅れても、大したことはなかろうと、のうのうと構えている中に、十二月になった。分隊所属の六号無線機が、英米に対する宣戦布告を傍受した。八日の夜中である。夜の十二時頃、分隊長は全員召集をかけた。加納も叩き起こされて、布告のことを知った。

「その夜はよく晴れていてね。夜空にはきれいな月が出ている。体がぞくぞくするような寒さで、近くの山々で獣の夜泣き声が聞こえたね。皆緊張して分隊長の訓示を聞きましたよ」

「どんな気持でしたかね？」

私は訊ねた。

「緊張というと、気分がピンと張るような——」

「ええ。それもあるけれどね、こちらはずっと霊丘県の山の中で、新聞も来ないしラジオもないし、いわばつんぼ桟敷に置かれているわけだ。内地にいるとは違うわけです。その点では分隊長もほぼ同じでしたね。とにかく大戦争になったから、一所懸命に自分の任務を尽くせという、かんたんな訓示でしたよ」

しかし加納は自分の転属が、その大きな戦争に関係があることを、直感した。それは召集が長引くということに直結していた。彼はすぐに私物を整理して、迎えを待った。

山また山の奥の分屯隊だから、一人で歩いて行くわけには行かない。とうとう迎えが来た。

「それもトラックじゃなく、乗用車が一台、わざわざわたしのために、三日がかりでやって来たね。びっくりしましたよ。聞くと聯隊本部からの命令だと言う」

「乗用車というと、将校待遇だね」

「まあそうですよ。その時てっきり南方行きの要員だと思った。大きな戦争になると、こりゃ単に守備と違って、衛生の方が忙しくなるからねえ」

鬚面の分隊長や戦友たちと別れを告げ、乗用車は一路厚和に向かう。そこにはすでに独立歩兵第十二聯隊付衛生下士官の矢木城介軍曹らも、ごっそり転属を命じられて集結していた。

「やあ。また一緒になったな」

城介は掌を上げて加納に言った。

「到着はお前がビリだぞ。今晩はおれんとこで泊まれや」

「そうかい。そう願うか」

宿舎は民家で、下士官ともなれば、割振りは自由である。加納は遅れて来たので、城介の棟に草鞋(わらじ)をぬぐ恰好になった。酒保にかけ合ったが、酒を出して呉れない。城介らは間もなく南方に転属することが判っていたので、酒保の方で渋ったのである。

「ちぇっ。けちな野郎ばかりだ」

城介はぼやきながら、それでも歓迎のために、土塀を乗り越えてパイチュウを買って来た。パイチュウを飲みながら、加納は訊ねた。

「戦況の具合は、どうだね」

霊丘県の山奥の六号無線機では、新聞通信もろくに入らない。宣戦布告は判ったが、その後の戦況はほとんど判らないのである。

「うん。うまく行ってるらしい」

城介は言った。

「また忙しくなりそうだよ。ここと違って、暖かいのが取り得だけどな」

城介たちの転属先は香港である。香港にも陸軍病院があるが、それだけでは間に合わないので、第二陸軍病院を開設する必要に迫られていた。

「つまりおれたちは、第二病院の開設要員なんだ」

「じゃ当分帰れそうにないな」

「帰るって、内地にか？」

城介はパイチュウを傾けながら、反問した。

「それとも奥地にかね？」


「その時の城介君の顔色は――」

私は訊ねた。

「どんな具合でしたか」

「真顔だったね。わたしと同じ心配してるなと思ったよ」

「いや。表情じゃなく、中毒者はやはり顔色が土色になるとか何とか、変化があるんじゃないのかな」

「そうだねえ」

加納は半纏（はんてん）の袖を引っぱりながら、しばらく考えていた。

「顔色は変わっていなかった。仔細に見ればいくらか変化があったかも知れないが、態度も快活で、元気そうだったね。パイチュウを飲んで、面白いことばかり言っていたことは覚えていますよ」

加納はパイチュウを口に含んだ。

「でも、以前よりもパイチュウの量は殖えたようだった。いくら飲んでも酔わない。身体はふらふらしているのに、意識だけはしっかりしている。そんな印象を受けましたね。それとパビナールと、関係があるのかどうか知らないけれどね」

その翌々日、開設要員二百名は、汽車に乗って南下した。北京を通過して、天津に近づく。この線は三年ほど前、城介たちが初年兵として、一路大同に北上した線路である。あの時は窓にシェードをおろし、窓外をのぞき見るすべもなかったが、今度はつぶさにそれを眺めることが出来た。単調なままで、その地形や風物は、南下するにつれて、微妙な変化を見せて来る。やがて天津駅に到着。そこから大沽へ支線が出ている。

「大沽はあの方向なんだな」

城介は感慨深そうに加納に言った。

「あの頃にくらべると、おれたちもずいぶん軍隊ずれをしたもんだね」

「そうだね」

加納も応じた。

「まだあの仮バラックは建っているかな。即製のおんぼろ小屋だったが」

プラットホームには、婦人会の連中が旗を振ったり、慰問品を差し入れて呉れたりした。緒戦の勝利で、部隊移動の機密などは厳重でなかったのだろう。

汽車は大沽に行くのではなかった。南京を経て、上海に到るのである。主要駅で停まって、食料や石炭を搭載する間、プラットホームで体操などするが、あとは乗りづめで、食っては寝、食っては寝という生活なので、皆は退屈し、また運動不足で少し肥った。肥ったと言うより、筋肉がだらけてしまった。景色の変化も、あまり興味を引かなくなった。上海について、やっと彼等は汽車から解放される。

「初年兵の時の汽車旅は、緊張していたんで退屈どころの騒ぎじゃなかったが、今度は緊張はないでしょう。しかも厚和から上海までの長丁場だ。うんざりしたね」

加納は私に説明した。

「上海に着いて、城介君といっしょに機関車のとこに行った。城介君が機関車に向かって冗談に、お前もくたびれただろうが、おれたちもほんとにくたびれたよと、皆を笑わせたね。実際機関車もくたびれ果てて、ホッホッと煙を立てて、あえいでいるように見えましたよ」

上海から乗船。医療品などを積み込む。城介たちはその監督に当たった。上海見物などの暇はない。病院開設は急を要するのだ。

軍用船は単独で出発した。護衛はない。敵潜水艦もまだこの水域には、出没していなかった。こうして船は台湾の高雄に、無事到着をした。厚和のような北辺と違って、亜熱帯の風物は華麗で、まるで燃え上がっているように見えた。空気も適当に湿って、潮のにおいがする。港内の船々の間を、竹笠をかぶった舟子（かこ）があやつるサンパンが、右往左往している。それが印象的であった。

「その高雄で一悶着が起きてね」

加納は笑いながら言った。

「れいの婦人会、愛国婦人会てえんですか、それが慰問品を持ってやって来たんです。何を持って来たかというと、ヨウカンとか黒糖などの甘味品だ」

南下中の列車や軍用船で、いろいろ南方の話題が出る。彼等の希望のひとつが、バナナや生のパイナップル、それらを腹いっぱい食べたいということである。彼等は豊潤な果実に餓えていた。

彼等はここで一応下船した。別の船に乗り換えるために、高雄で一泊することになった。宿舎は小学校で、そこへ到着した時に、婦人会の面々がやって来たのだ。各教室を廻り、甘味品を支給する。婦人会長らしい五十女が、恩着せがましいような、いやがらせのような言い方をしたので、加納たちは少しむっとした。彼女らも軍隊ずれをしていて、将校は大切にするが、下士官兵に対しては、子供扱いにする気配があったのだ。城介が立ち上がって、次のような意味の発言をした。

「自分たちはこんなヨウカンの如きものは食べ飽きている。バナナとかパイナップルとか、そんな果物を持って来てもらいたい」

向こうもぐっと来たらしい。バナナなどというのは、当地では俥夫馬丁が食うもので、皇軍ともあろうものががつがつと食べるものでない。少時いささか険のあるやりとりがあって、座がしんと白けた。

「城介君は頭にかちんと来たんだね。眼がきらきらと光って――」

加納の言葉を聞きながら、私は東京の遊園地での城介のあの眼を思い出していた。何か思いつめたような、凶暴にさえ見えるあの眼の動きを。

「おい。皆」

城介は振り返って呼びかけた。

「ヨウカンなんかに手をつけるんじゃないぞ。おれがバナナ屋を呼んで来る」

城介は教室の窓から飛び出し、街からバナナ売りを連れて戻って来た。波止場から宿舎に移動中、バナナの行商がたくさんいるのを見ていたのだ。皆は喜んで買って食べた。

「あちらではね、バナナはキンチョウと言って、安かったね。一房が十五銭か二十銭くらい。あちらの連中は、安くてすぐ手に入るし、それこそ食べ飽きている。戦前の日本で言えば焼芋みたいで、あまり上品な食べ物とされていない。そこに食い違いがあったんですな」

とうとう甘味品には手をつけず、そっくり婦人会に返上してしまった。婦人会長もむかむかしたのだろう。その事実を上層部に報告に及んだ。

「慰問品を受け取らなかった者は出頭せよ」

将校室からそんな伝達が来た。城介は皆を制した。

「おれ一人で大丈夫だ。ぞろぞろ行くのは、みっともない」

城介一人が責任者として行き、一時間ぐらいして戻って来た。加納は聞いた。

「どんな具合だった？」

「何でもないよ。あんまり派手なことをするなよと、言われただけだ」

城介は笑いながら説明した。

「そのあとでスコッチウィスキーを御馳走になったよ。やはりパイチュウよりもうまいなあ」

部隊はその小学校に一泊し、翌日また高雄から乗船した。各自の手によって、バナナ類も持ち込まれた。

「バナナ、おいしかったですかね？」

私は訊ねた。

「バナナはもぎ立てはダメで、追熟（ついじゅく）させないとうまくないと聞いたが——」

「いや。うまかったですよ」

加納は答えた。

「しかしパイナップルは案外不味（まず）かった。がさがさしててね。あれだけは罐詰に限ると思った」

バナナを食べ過ぎて、下痢患者がすこし出た。現地に行けばいくらでも食べられるというわけで、廃棄を命じられた。衛生部隊から病人を出しては、威信に関するのである。

そして香港に到着。第二陸軍病院が開設された。第一陸軍病院は香港の本島にあったが、第二は九竜地区である。開設と言っても、建物を新しく建てるのではなく、接収家屋をそれにあてるのだ。セントラルブリティッシュスクールを接収して第一分院となし、加納と城介らはそこに配属されることになった。第一分院は小高い丘の上にあった。見渡すと、内地の街と違って色彩が強く、紺青の海の色によく似合った。海には船舶がいくつも動いたり、停泊したりしていた。何かそれは玩具じみて見えた。

「城介君はあまり風景に興味を持たないたちだったね。皆が感嘆して見ていると、何だい、絵ハガキみてえじゃないかって、軽蔑するような言い方をしただけだったよ」

「城介は昔からそうだったよ」

栄介はそばから口を出した。栄介はパイチュウにかなり酔ったらしく、呂律が怪しかった。

私は注意した。

「矢木。あまり飲むのはよせ。帰れなくなるぞ」

分院の仕事は忙しかった。マレー半島での負傷者、あるいは結核とかマラリア患者が、どんどん後送されて来る。香港はそれら患者のいわば中継地になっていた。しかし気候はいいし、物資は豊富だし、酒もいいし、北辺の守りにくらべれば、気分は快適である。勝ち戦であることも、それに大いに作用していた。

マレー作戦が一段落つき、部隊はふたたび北方に戻ることになる。浙贛作戦の直前である。香港を出発する時、野戦病院の医療品の中から、パビナールが相当量紛失するという事件が起きた。薬品行嚢が梱包される前か、梱包される途中かは判らない。誰かが抜き取ってしまったのである。

「外部からではなかろう。部隊内に中毒患者がいるに違いない」

ひそやかな部隊詮索が始まった。

「自分もちょっと変だなと思うことがあったね」

昏れかかった東京湾の水の色を眺めながら、加納は言った。

「香港でいっしょにシャワーを浴びたことがあったんです」

北方と違って、風呂嫌いの城介も、一日一度ぐらいは体を洗い流さねば、じとじととして気持が悪い。何か雑談をしながら、加納はふと城介の腕に眼をとめた。あきらかに注射の痕がたくさんある。

「お前、それ、何の注射やってんだい?」

喘息の発作も香港に来て以来、ほとんど起きてないようであった。環境が変わったので、いくらかおさまったのだろう。

「アドレナリンか?」

「いや。それもあるが――」

城介は言葉を濁して、ことさらシャワーの音を高めた。

「どうもこの頃体がだるくて仕様がねえ。だからビタミンを打っているんだ」

「毎日うまいものを食って、ビタミン不足もないだろう」

加納は笑った。城介は顔色もよかったし、どう見てもビタミン不足には見えない。若い肌は水気を弾いて、つやつやと光った。城介はタオルで拭きながら、話題を変えた。

「東京が空襲されたことを知ってるかい？」

ドゥリットル空襲のことである。

「その飛行場を押えるために、近い中、作戦が開始されるらしいよ」

「するとまた野戦病院の移動か」

「まあそういうことになるな。憂欝だね」

そんな会話をしたから、四月頃のことだろう。ところが予想に反して、彼等は大同に戻ることになった。その帰途の準備中に、パビナールがごっそり抜き取られたのである。

「まさか矢木が？」

と加納は一瞬いぶかった。オルドス作戦前後、城介がパビアトを時々使用していたことは知っている。しかしそれは一時的な鎮静の意味で、常用すればどうなるか、衛生兵として知らないわけがない。加納はその思いを一度は打ち消した。しかし薬品管理、ことに麻薬関係は特に厳重になっていたので、部隊外から盗まれたとは考えられない。一抹の疑念が加納には残った。

南下と同じコースで大同へ出発。甲板の上で城介は加納に言った。

「後ろ髪を引かれる思いだねえ」

冗談めかしたような、いくぶん憂いを帯びた口調であった。

「どちらかと言うと、城介君は山よりも海が好きだったようですな」

加納は私に説明した。

「人間には山型と海型と、二つに分けられるらしい。生まれつきですかな」

軍用船から汽車で大同に着く間、加納は無意識裡に、というより何か心がかりで、ちらちらと城介の動きに注意していた。しかし彼がパビナールを使用している現場を、あるいはその気配も、加納はとらえ得なかった。

「しかし矢木君はやってたんだね」

加納はパイチュウをぐっとあけた。

「部隊の中で、全然打ってない奴。その徴候も動機もない奴。これをマイナスの人間としましょう。そんなのを名簿から順々に消して行くと、プラスらしいのが何人か残る。そのプラスの中で、もっともその条件を具えた、疑いの濃厚なのが、城介君なんだね。矢木軍曹に絞り上げられるんだ。上層部ではすでに城介君に目星をつけていたらしい」

汽車は大同に到着。加納と城介たちはまた厚和の野戦病院に戻る。帰還要員の指名を受ける。ある日衛生兵がオンドルの焚き口の中に、かなりの数量の空アンプルが捨てられているのを発見した。調べて見ると、全部パビナールである。早速部隊長に届け出た。

加納は医務室でそのことを知った。城介を捜し求めた。城介は宿舎に引っくり返って、慰問品の小説本を読んでいた。帰還要員なので、サボっていても、とがめる人はいないのである。

「矢木。パビナールを打っていたのは、やはりお前だったんだな」

加納はやや語気を荒くして言った。

「空アンプルが見付けられたぞ」

「そうか。オンドルの中のか」

城介は本を投げ捨て、ゆっくりと起き直った。すでに覚悟をきめた、捨て身の気配が感じられた。

「捨てたのは、確かにおれだよ」

「何故そうなる前に、おれに相談しなかったんだ！」

加納は詰め寄るようにして言った。

「その前に言って呉れりゃ、どうにでもなったのに」

城介はしばらく黙っていた。やがてだるそうに口を開いた。

「もう部隊長に報告が行ったのか？」

加納はうなずいた。

「そうか」

城介が投げ出した本を拾い、丁寧に頁を揃えた。うつむいたまま言った。

「相談したって仕方がない。お前には判りっこないよ。おれのことは、おれが始末する」

「始末出来るわけがないじゃないか。病院に入れよ」

やがて部隊長から呼び出しが来た。部隊長は中田という軍医で、香港から戻って少佐に進級していた。進級のことばかり考えている陰性な性格の男で、部下に対する思いやりのないエゴイストとして、評判が悪く嫌われていた。そこでどういう会話がなされたのか、加納は知らない。入院加療を命じられたに違いないが、城介は拒否した。

「拒否することが出来るんですかね?」

私はすこし驚いて加納に聞いた。

「上官の命令は絶対的なものでしょう」

「原則としてはそうですがね――」

加納は奥歯を嚙みしめるようにして、ちょっと考えた。

「二つの場合が考えられるんですよ。ひとつは中田少佐の性格だ。部隊の中から中毒者が出たということになれば、隊長の責任になる。それまで放置していたことを、師団軍医部に報告は出来ない。隊長は小心で臆病者でね。どうせ城介君は帰還要員だし、パビナールの量を漸減(ぜんげん)するという条件で、入院命令を撤去したんじゃないかとも思うね。そして城介君は薬品取り扱いの任から外された」

「じゃ彼はもうパビナールの入手は出来なくなったわけだね」

「いや。そうも行かないですよ。城介君は上に悪く下に良しでね、後輩の衛生兵たちも、彼を兄貴のように慕っていた。人望があったんだね。そんなのに頼めば、いくらでも都合をして呉れるんだ。かえってそれが彼に禍いをしたとも言える」

栄介は酔ったのか、卓に頬杖をつき、掌で額をおおうようにして、眼を閉じていた。

「もう一つの場合は？」

「隊長をおどしたんじゃないかと思う。城介君の性格からして、わたしは今そう思うんだ。彼は思い切ったことをやるからね」

栄介を横眼で見ながら、加納は低い声で言った。

「呼び出しに応じて隊長室に行く時、城介君は拳銃を持っていたんだね」

呼び出しから宿舎に戻って来た時、城介は肩から拳銃帯を外し、壁にかけた。片手にはイギリス産のウィスキーを提げていた。

「いいものをせしめて来たよ。今夜は皆で飲もうや」

のそのそとオンドルの上に登って来た。

城介の声は明るかったが、顔はやや青みを帯びていた。

「中田軍医に会うのに、拳銃なんか必要はないでしょう。それに拳銃を持って行ったというのは——」

加納はちょっと言い淀んだ。

「矢木君は軍医と刺し違えるつもりで行ったんじゃないかと、わたしは推量するんだがね、中田軍医はそれにおびえて、またどうせこの乱暴者は間もなくいなくなる予定だし、というわけで、強制入院を撤回したんじゃないかと思うんだ。そんな男でしたよ、中田という隊長は」

「では城介君は治療しようという気持はなかったのかね」

「いや。それはあった。是非なおりたいという気持は、充分に持っていたね。だから自制して、量をすこしでも殖やすまい、減らして行きたいと、これはたいへんな努力をしていたと思う。しかしそれが出来なかったんだ。わたしはその翌日か、何日から常用するようになったと訊ねたら、彼は笑ってごまかしたけれど、わたしの推定ではやはりオルドス作戦前後だね。あれほどわたしらは信頼し合っていたのに、彼は自分自身の苦しみや悲しみを、ほとんど打ちあけなかった。昔からそうでしたかい?」

加納のその質問は栄介に向けられていた。栄介はぼんやりと眼を見開いた。

「そうだね。僕は兄弟だから判らないけれども——」

栄介はコップに手を伸ばした。

「あったかも知れないな」

城介が部隊長室で拳銃を中田軍医につきつけている状況を、私は頭に思い描いていた。映画やテレビでそれに似た情景を見たせいもあるだろう。それはある程度の迫真力で想像出来た。

「なおって帰還したいと思う。しかしあんな部隊長に強制されて入院するのはイヤだ。そんな感じというか意地というか、彼にはあったんじゃないかと思うね」

加納は視線を栄介から私に移した。

「彼は強制されたくなかったんだ」

「城介君は、いや、皆は、早く帰りたかったんだろうね」

「そうでもなかった。もっと不安定な気持でしたよ」

加納は答えた。

「内地に帰れるということは、帰還要員に指名されて以来、そう嬉しいものじゃなくなった。何年も生死を共にした連中と一応別れてしまわねばならぬ気持、それから忘れられた家庭に戻って行く不安。そりゃうちから手紙は来ますよ。紋切型のね。こちらは元気でやっているから、後顧なく国のために働いて呉れ、というふうなのばかりで、具体的に内地はどうなっているのか、どんな生活をしているのか、帰還してそれにおれたちが直ぐ適応出来るのか、のけ者扱いにされるんじゃないのか。そんな不安というか虚無的な気持というか、私物の整理をしていても、それが心の底に引っかかって、酒でも飲まなきゃやり切れなかったな。それで毎晩――」

「城介君がベロナールをのんだ夜ね、彼の態度や顔色に変わったことはありませんでしたか?」

「態度？　態度は同じだった。ただ顔色は二、三日前から、白っぽくむくんでいるような感じだったね、眼の下がぼったりふくらんで、頬なんかたるんでいるような気がしましたよ。粉を口に放り込む瞬間、どうせぶっこわれた体だと――」

加納は言いかけて、あと口をつぐんだ。黒い陶器の瓶をことことと振った。その振り具合では、ほとんど残り少なになっているらしい。加納はそれを自分の湯呑みに注いだ。私はその情景をぼんやりと想像しながら言った。

「しかしそれが、自殺するほどのことかなあ」

「そうだね。帰還のために部隊を離れると、もう薬は入手出来ない。途中で禁忌症状が出れば、自分だけ途中下車して、病院に強制入院させられるでしょう。万一家に帰りついても、内地じゃ薬は自由にならないからね。いや、あの年頃の考え方というのは、今の齢になっては理解出来ないようなところがあるね」

「面倒くさくなったのかな」

「まあそんなこともあるでしょうな」

加納はゆっくりとうなずいた。

「矢木君の屍を火葬にした時、焼け方が早かったね。骨がぼろぼろになった。戦後何かの雑誌で、たとえばヒロポン中毒者の骨は脆くて、直ぐに砕けるという話を読んだ。彼の場合もおそらくそうだったんでしょうな。麻薬が骨まで食い入っていたんだね」

十三

名古屋から受領して来た骨壺の骨のことは、栄介はほとんど覚えていない。やや黝ずんだ破片が少量入っているだけで、脆いか脆くないか、手に触れることはしなかった。母親はしかしそれを自分の頰に当て、うつむいて暫く忍び泣いた。それを見ているのがつらくて、彼は裏庭に行き、菜園にしゃがんで、しばらく無意味に草むしりをしていた。人手不足のせいで、畑は荒れていた。

「お前はまだ死んじゃいけなかったんだ」

彼は口に出して言った。もちろん自殺のことはまだ知らなかった。

「お前の骨を見るまでは、お母さんは信用しなかったんだぞ」

十分ほど経ち、青臭くなった手を台所で洗い、座敷に戻った。幸太郎が来ていた。幸太郎は相変わらず肥っていた。一般の物資はそろそろ窮屈になっていたが、海産品は軍の需要物なので、つぶされるおそれはない。御用商人的落ち着きが、身のこなしに具わって来ていた。

「御苦労だったな」

幸太郎は栄介に言った。あれ以来、そっけないと言おうか、あるいはよそよそしい態度を、栄介に対して幸太郎は保持し続けている。そして幸太郎は母親に視線を移した。

「おフデさん。遺骨を拝見してよろしいか」

「それは栄介に聞いて下さい」

母親は言った。幸太郎は何か抵抗を覚えるような態度で、栄介を見た。

「いいでしょう。見たけりゃね」

眼がかさかさに乾いて行くような感じで、栄介は答えた。

「お母さん。おれは眠るよ。汽車でほとんど眠っていないんだ」

彼は納戸に入り、ばたんばたんと乱暴に床をのべ、布団の中にもぐり込んだ。実際に疲労で眼だけではなく、皮膚も乾いていて、横になるとじんじんと血が廻るのが判った。やがて眠りが来た。

夕方、がやがやした人声や釘を打つ音で、栄介は眼覚めた。起き出して庭に出ると、幸太郎の店の若い者たちが、門のあたりに三、四人動いていた。門柱から門柱へ横木を渡し『英霊の家』と書いた板を、それに打ちつけている。それだけでなく、門から前庭に通じる入口に『故陸軍衛生曹長矢木城介之霊』と記した木柱が立てられていた。

「つまらねえことをしやがる」

そう思いながら、栄介はふところ手のまま、人の動きを眺めていた。その木柱の字は、幸太郎の筆跡であることを、彼は知っていた。戦病死の公報があってから、幸太郎がこしらえて持って来たのだ。しかしその時母親は断わった。

「通知がありましても、実際に骨を見ない中は、そんなものを立てるわけには行きません」

遺骨が戻って来たので、母親も納得する気になったのだろう。彼女はひっつめ髪のまま縁側に腰をおろし、放心したように夕空を見上げていた。

その木柱にくらべて、門の『英霊の家』の看板は、木組みも細かったし、粗末過ぎた。もっともこれは幸太郎の責任でなく、町会の仕事を幸太郎が代行したのだから、仕方がない。それが門に掲げられているのは、いかにもそらぞらしかった。

「英霊の家だなんて、死んだ者に家なんかあるものか。役にも立たないものを掲げやがって！」

しかし実際には、この看板は大いに役に立った。栄介が召集されたあと、戦局が苛烈になり、隣組の共同作業や防火訓練や当番などの時、あそこは女子供だけで人手が足りないということで、面倒な協力を免除される場合が、しばしばあったからだ。でもそれも長くは続かなかった。その中軒並みに『出征兵士の家』や『英霊の家』が出来て、看板の価値や威力は、暴落の一途をたどったからである。

「ねえ。お母さん」

母親に並んで縁側に腰をかけながら、栄介は言った。

「もう葬式はやめようよ。合同慰霊祭で済んだことだから」

「そうだね」

ふくらんだ眼で母親はうなずいた。

「お前がいいようにおし。お前に委せるよ」

城介の戦病死通告の頃から、母親の中にある転機が来ているようであった。強くなったのか、弱くなったのか。強いというのは幸太郎に対してであり、弱いというのは栄介に対してという意味である。母親は続けて言った。

「やめるのなら、幸義兄さんには、あたしが話をつけるよ」

幸太郎が葬式を出したがっていることは、栄介も知っていた。どうして彼はそんなに葬式をやりたがるのだろうと、栄介は思う。本家の威武を示したいからなのか。それとも葬式そのものに興味があるのか。

どう話をつけたのか知らないが、とにかくそれは取り止めになり、一週間後に栄介は母親といっしょに、遺骨をたずさえて汽車に乗り、菩提寺に行った。遺骨は本堂で読経を受け、戒名がつけられた。

「たいへんですな、奥さんも。福次郎君だけじゃなく、息子さんを二人も亡くされて——」

眉の太い住職は茶をすすめながら、そう言った。そして栄介に、

「何か相談ごとがあれば、いつでも言って来て下さい。もっとも寺に相談なんて、あまり縁起のいいことではあるまいが」

そう言って住職は笑った。

丘の中腹にある墓は、寺男の爺さんの手で、すっかり掃除されていた。骨壺はカラトに収め

られ、住職は墓前で四誓偈を誦んだ。城介に関する浮世の行事は、これで一応片がついた。

三箇月ほど経って、栄介は上京した。勤め先の関係もあり、いつまでもぶらぶらしているわけには行かなかったのだ。勤めに戻って一年余り過ぎ、今度は栄介に召集令状が来た。海軍からである。しかし栄介は別に衝撃は感じなかった。前の例があるので、即日帰郷の予感があったからだ。


「何だ。即日帰郷のつもりだったのか」

私はすこしあきれて言った。

「他人のことはくよくよするくせに、君は根は楽天的なんだな」

栄介が相談したいことがあると言うので、美術館の喫茶室で私たちは落ち合った。その時その話が出た。

「楽天的じゃないよ。陸軍で帰されただろう。海軍ってもっときついとこだから――」

栄介は口のまわりのビールの泡を手で拭った。

「当然そうなるものだと思ったのだ」

「こちらじゃ君が海軍に引っぱられ、南方行きでチョンになる。これが見おさめかと思ってね」

私は言った。

「壮行会の酒もずいぶん無理して集めたんだぜ」

「おれも出したよ」

栄介は頬をふくらませた。

「配給の酒一升を、そっくりそのまま提出したよ」

「壮行会の時、君の背中を裸にして、皆で墨で寄せ書きをしたね。脂で弾けて、なかなか墨が乗らなかった。あのまま故郷に帰ったのか？」

「ああ。そういうこともあったなあ。あの頃はおれも若くて、二十代だった」

栄介は遠くを見る眼付きになった。その頃物資は窮屈になっていて、酒やビールを手に入れるのは、至難の業になっていた。しかし出征者には特別の配給があった。彼はその頃大森の弁天池近くに下宿していた。駅前の店からその一升瓶を受け取り、暗闇坂の入口にさしかかると、モンペ姿の中年女の三人連れが彼の方を振り返って、

「あれ、油かしら」

「いいえ。お酒らしいわよ。どこかで配給があったらしいわねえ」

とささやき合っていたのを、栄介は今でもありありと覚えている。あれは侘しく貧寒な光景であり、心境であった。

翌日汽車に乗り、四駅前で下車して、寺を訪ねた。幸い住職はいた。栄介は召集のことを話した。

「もし空襲が来るようになれば、おふくろや弟たちをここに疎開させていただけませんか」

栄介は頼んだ。彼は自分の身柄について楽観していたが、戦局の見通しにはかなり悲観的であった。住職は答えた。

「ああ。引き受けたよ。安心して征っておいで」

一年余しか経たないのに、家の形相はへんに古びて見えた。門をくぐりながら栄介はそう感じた。家も人間もある程度の年月は生気を保っているが、衰え始めると急速に衰えてしまうものらしい。除々にではなく、がたんと古びてしまうのだ。

「壮行会なんかやることはないよ」

栄介は母親に言った。

「盛大に送られてさ、それで即日帰郷になったら、恰好がつかないじゃないか」

「そうかい」

母親は心細そうに言った。

「でもお墓参りだけはして行く方がいいよ」

「それも済まして来たよ」

住職との会談の内容を、栄介は母親に説明した。いずれ敵機が飛んで来るような事態になりそうだから、その時は幸太郎に頼らずに、寺に相談するようにと、栄介は言を重ねて説いた。

母親は黙って聞いていた。肯定も否定もしなかった。

「おれは幸伯父を憎んでるんじゃないんだ。好きでも嫌いでもない」

少しはウソを言っているなと自分でも感じながら、栄介は言った。

「幸伯父はね、まさかの時になると、自分のことしか考えない人なんだ。だから信用が出来ないんだよ」

「お前、まさか死んで来るつもりじゃないだろうね」

母親は思い詰めた表情で、別のことを言った。栄介はぎくりとした。

「生きて帰って来ないと、承知しないよ！」

「お母さん。何故そんなことを言うんだい？　縁起でもない」

母親の語気の荒さに当惑しながら、栄介は言い返した。

「きっと、いや、たいてい即日帰郷になるよ。この前と同じでね」

「それならいいけれど――」

母親は溜息をついた。

「幸さんにはやはり挨拶しといた方がいい。すぐ行って来なさい」

栄介は命令通り幸太郎の店を訪ねた。店の戸は半分閉じられていた。民需に廻す品物がなくなったからだろう。幸太郎は留守であった。応召のことは告げず、彼は家に戻って来た。翌日指定の海兵団に向かって出立した。

「それで即日帰郷にならなかったと言うわけか」

「うん」

私の質問に、栄介はうすら笑いをもって応じた。

「既往症がある者は申し出よと言うからさ、申し出たら殴られてね、それっきりさ。そしてその入団した人間の半分が、その翌日サイパンに行った。選ばれた半分じゃなく、任意の半分だよ。兵籍番号の何号から何号まで集まれという具合で、それらがそっくりサイパンに連れて行かれたんだ」

「大ざっぱな話だねえ」

「うん。ひでえ話だ」

栄介は声を低めた。

「途中で潜水艦に沈められるか、うまく着いても玉砕だね。サイパンにアメリカが上陸したのは六月で、七月七日に日本軍は全滅した」

栄介はしばらく口をつぐんだ。

「おれは運よく全滅しないで、南九州で終戦を迎えた。終戦後二箇月して家に、いや、お寺に戻って来た。やはりそこに疎開していたもんでね。おふくろに叱られたよ。なぜ早く戻って来ないのかってね」

栄介は顔を天井に向けた。

「何だかこの喫茶室は暗くてうっとうしいな。外に出ようか」

「僕に相談って、何だね？」

「実は幸太郎伯父のことなんだがね、養老院に入ってもいいと言うんだ」

栄介は伝票を持って立ち上がった。

「歩きながら話そう」

十四

十数年経ったある日、幸太郎は突然栄介の家にやって来た。いや、前もって予告はあったのだから、突然というのはおかしい。しかし栄介は幸太郎を、家に迎え入れるつもりは毛頭なかった。駅に迎えに行っただけなのに、幸太郎は強引に彼について来たのだ。

門を入るとすぐ幸太郎は、軽蔑したような小声で言った。

「何だ。何ちゅうまた小さな玄関じゃなあ」

粗末な門柱を入ると、すぐ玄関になっている。幸太郎が言うように、玄関はごく小さい。玄関だけでなく、家全体が小さい。十五坪ほどの建売住宅なので、玄関だけを巨大にするわけには行かない。栄介の育った故郷の借家の玄関にくらべると、広さが三分の一ぐらいだ。それに戦後の東京の建築は、生活様式の関係もあって、門がまえだの玄関は小さくする傾向にある。

幸太郎はずっと田舎暮らしだから、そのことを知らないのだろう。彼は聞こえないふりをして、玄関の扉をあけた。

「たくさん靴や下駄が並んどるなあ」

幸太郎は大げさに眉をひそめた。

「これじゃわしの靴が割り込むすき間がない」

玄関の下駄箱がまた小さいので、入りきれない履物が自然とたたきに並ぶのである。

「割り込むすき間がないですか」

胸の中につめたい笑いを感じながら、栄介はそう言った。幸太郎のために履物を整理する気持はなかったし、その義務もない。彼は無表情に言った。

「では、庭の縁側の方に廻りましょう」

「縁側に？」

幸太郎はとがめ立てるような声を出した。戦前幸太郎は栄介の家を訪ねるのに、玄関をあけて、案内も乞わず、ぬっと座敷に通ったものだ。本家の家長だからである。

「そうですよ。縁側です」

幸太郎の気持は判っていたが、彼は何か押しつぶすような姿勢で、幸太郎に背を向けて、庭に足を踏み入れた。狭い庭にはツツジだけが貧しい花をつけ、幹の細い樹が五、六本立っている。日の当たらぬ部分にはゼニ苔がべったりとはびこっていた。幸太郎は彼に続いて、すり減った靴を沓脱石に脱ぎ、渋々という態度で上がって来た。妻の美加子は留守で、仮面のように表情に動きがない家政婦が、紅茶を運んで来た。

紅茶を飲む間、二人は黙っていた。すすり終わると、幸太郎がおもむろに口を開いた。

「当分ここに厄介にならせてもらうよ」

昔ながらの彼の横柄さではなく、取ってつけたような押しつけがましさがあった。


その前の年の秋、幸太郎から手紙がやって来た。どこで栄介の住所を調べたのか判らない。巻紙に書いた筆の字で、達筆過ぎて判読出来ない部分すらある。最後に『矢木幸太郎拝』と署名したあとにも、二伸があり、三拝もつけ加えてある。商売はやめて現在は田舎の町に隠栖(いんせい)していること、自分ももう齢をとったこと、侘しいから東京に出たいがその節はよろしく頼むこと、そんな内容のものであった。巻紙の長さに比べて内容はかんたんで、あとは昔はどうこうだったとか、今生きている感懐がくどくどとはさまっている。老いて来ると、人間はとかく長い手紙を書きたがる。というより、書き始めると、何か書き忘れた気がして、つい止め処がなくなるのであろう。栄介は指折り数えて幸太郎の年齢を考えたが、うまく計算出来なかった。手紙には齢をとったとあったが、何歳になったとは書いてなかった。

「もう七十何歳かになったんだろう」

そう思いながら栄介はその手紙を、机の引出しに放り込んだ。かすかな不安と脅威が彼の胸に揺れ動いたが、返事を書こうという意慾は全然湧かなかった。書こうにも書くことがなかった。で、返事は出さなかった。

それから新年になって年賀状が来た。今年は上京の予定だから貴君ら御兄弟に会えるのをたのしみにしています、とつけ加えてあった。それも黙殺することにした。前の手紙の返事を出さないのに、賀状の返礼をするのはおかしい、と栄介は考えたのだが、その自分の考えもおかしいと、彼は同時に気付いていた。満腹している時にザルソバを出されたようなもので、要するに手を動かすのが面倒くさかったのだ。

一月三日の日に、弟の四郎と妹夫妻が年始に来た。酒を酌み交わしている中に、栄介は幸太郎のことを口に出した。出そうか出すまいかとの迷いもあったが、おれだけで背負うのはイヤだという気持もあった。

「この間、幸伯父から手紙が来たよ」

「へえ」

四郎は膝を乗り出した。

「どんなことが書いてあった?」

栄介は立ち上がって書斎に行き、机の引出しをあけた。ごそごそとかき廻した。

「おや。確かにここに入れといた筈なんだがな」

状差しその他を調べたが、見当たらなかった。そこで賀状だけ持って、彼は宴席に戻って来た。

「手紙は見当たらない」

賀状だけ回覧して、手紙の内容は口で説明した。四郎は刺身をつつきながら、興味ありげに耳をかたむけていた。妹の安子が言った。

「それで返事は出したの?」

「いや。出さない」

「年賀状も?」

栄介はうなずいた。

「いつ頃上京して来るのかしら?」

「爺さんだから、寒い間はムリだろう。まあ四月か五月だろうな。しかしおれは会わないよ」

四郎はいやにはっきりした口調で言った。彼は画が好きで、戦後その方面の塾に入って、今はそれで生活を立てている。四郎は栄介よりも酒が強い。先ほどからかなり飲んだのに、まだ声音にいささかの乱れも見せていなかった。

「そりゃいけませんよ。返事を出さなくちゃいけない」

安子の亭主の川津が、彼に顔を向けて言った。この方はいくらか呂律が怪しかった。

「なぜ?」

「なぜってこたあないでしょ。手紙に返事は出すもんです」

川津は勢いをつけるために、盃を一息であけた。川津は税務事務所に勤めていて、毛蟹のように毛深かった。齢は栄介より三つ下である。

「あんたが七十何歳になって、昔可愛がってた子供に手紙を出すとする。それに返事が来なきゃ淋しい、いや、淋しいどころか、悲しいじゃないですか」

「そうか。しかし君は七十でもないのに、七十爺の気持がどうして判るんだ?」

「あいつはうちのザクロを持って行ったんだよ。植木屋を連れて来てね」

四郎が口をはさんだ。

「むりやりに持って行って、自分とこの庭に植えてしまったんだ」

「そうだったかな。そう言えば納屋の傍にザクロの木があったな」

「兄さんが出征したあとだよ」

四郎の話によると、戦時中だからザクロなんか必要じゃない、前庭も菜園にして野菜の自給自足をはかるべきだと幸太郎が主張して、引っこ抜いて持って行ったんだという。このザクロは福次郎が可愛がっていた樹なので、母親が反対すると、

「お宅の庭は狭い。わしの庭は広い。戦争に勝つまでこのザクロはわしが預かる。その方が福もよろこぶじゃろ」

と幸太郎ははねつけた。

「とにかく強引で横暴だったよ。玄関に下駄が散らかっていると、おれたちに怒って整理させるんだ」

　そして四郎は幸太郎の声音を使った。

「何じゃ、この玄関のさまは。玄関は人間でいうと、顔にあたるんだ。福が死んでから、この家はとかくだらしがないぞ！」

　よく似ていたので、栄介も安子も笑った。川津は笑わずに独酌で盃をあおっていた。

「で、戦争が済んでから、ザクロは戻って来たのか」

　笑いを収めて栄介は言った。

「ああ。幸伯父の家も空襲で焼けたんだな」

「焼けなくても、戻って来ないよ」

　四郎はけろりとして言った。そして徳利を耳のそばに持って行って、ことことと振った。この貧乏性の癖は、父親の福次郎にもあった。

「戦争に勝つまでという約束だったからね。実際には負けたんだ。もっともザクロを戻してもらっても、どうってことはない。戻してもらいたいのは、他にたくさんある」

　幸太郎の話はそれでおしまいになり、ザクロの実の味の話になり、隣家のタケノコがうちの敷地内に生えて来ると掘って食べてもよろしいが、蜜柑だの柿の枝が越境しても実をもいではいけない、という話に移ってしまった。こんな話になると、川津はよくしゃべった。酔っているせいもあるが、税務事務所などに勤めると、そんな事情や経緯(いきさつ)に通じて来るものらしい。一月三日の宴会は、何となくそんな具合で終了した。

長い冬がつづいて、栄介はしばらく幸太郎のことを忘れていた。忘れていたというより、ずっと思い出さなかった。だんだんあたたかくなって、ある春の日、幸太郎からハガキが来た。万年筆の筆跡で、差出人の名をしらべずとも、直ぐにそれと判った。うんざりしたような気持になりながら、彼はハガキを裏返した。

『只今大阪に参り候』

癖のある達筆で、そんな文句から始まっていた。学校時代の旧友の家に泊まり、その案内で大阪や奈良を見物したことなどが書いてあった。前の手紙や賀状に返事がなかったことについては何の記述もなかった。栄介はいささかの安心とともに、当惑に似たものを感じた。その翌日、京都からハガキが来た。さらに二日後、名古屋から絵ハガキが来た。だんだん近くなって来る。

「どうしてあの爺さん、今頃になって、おれにばかりつきまとうんだろうな」

そう呟くと、当惑に似たものが急にいらだちに変わって来て、彼は舌打ちをした。一時期学資を出してもらったことが、やはり心の奥底で引け目になっていた。

「返事を出さないということが、つまり相手にしないという意志表示じゃないか。どうしてそれがあの幸太郎に判らないのだろう」

栄介にとって、父親の福次郎もはるか遠いものになっていた。二十何年前に現実に死んでいるだけでなく、彼の記憶の中でもほとんど死滅していた。その死滅したものの兄が、まだ生きていて呼吸をしたり、体臭を放っていたりすることを考えると、それがこちらへ寄りかかって来ることを想像すると、悪夢を見た寝覚めの苦しさといやらしさを彼は感じた。それは自分が生きていたいやらしさ、その間に自分が果たした愚行などに、その感じは重なって来る。夕食の時、栄介はそのハガキを妻の美加子に見せた。

「齢をとったんで、昔の人に会いたくなったんじゃないかしら」

ハガキを返しながら美加子は言った。おれは会いたくないし、四郎も安子も会いたがっていない。ところが川津は返事を出せと主張したし、今の美加子の言い方もわりに好意的である。

一月三日の夜、あの税務吏員は酔っぱらって栄介にこうからんだのだ。

「義兄さんは心のつめたい人なんだ。それも途中でつめたくなったんじゃなく、生まれた時からつめたかったんだ」

それじゃおれも貢取り（みつぎとり）になればよかったなと、彼は冗談めかして言い返したけれど、この税務吏員にしても美加子にしても、つまるところは関係のない第三者なのだ。微妙な経緯が判るわけがない。幸太郎は生きていてはいけない。栄介にとって彼は、すでに死んでいなければならぬ人間であった。それがどうして彼等に理解出来るだろう？

「昔、〈舞踏会の手帳〉という映画があったじゃないの。あんな気持じゃないかしら」

「〈舞踏会の手帳〉？　するとおれは――」

栄介は苦笑いをしながら答えた。

「訪ねられる方の役割か。落ちぶれて――」

そこまで言いかけて、あとは無言で飯をかっこみ、そそくさと書斎に戻って来た。机の前に坐って、も一度絵ハガキを読み返し、破り捨てようとしたとたん、彼は卒然として最初の幸太郎の手紙のことを思い出した。あの手紙も破り捨てようにしたのだ。あれは学校の同僚との忘年会で、彼はひどく酔っぱらった。酔ってタクシーで戻って来た。財布をしまい込もうと机の引出しをあけたら、分厚い幸太郎の封書がまず眼に入って来た。その癖のある尻上がりの文字が、突然彼の癇にさわった。彼はそれを引っぱり出して、いきなり二つに破ろうとした。しかし厚過ぎて、ただねじれただけで、破れなかったのだ。彼はいらだって巻紙を引き出し、丸めて火鉢に放り込み、ライターで火をつけた。空気が乾いていたせいか火つきがよく、ぼうぼうと焔を上げて燃え、またたく間にあらかた燃え尽きた。わずかに残ってじりじり移動する火の粉に、彼は水差しの水をそそぎ、そのまま寝床にもぐり込んだ。何故そのことを今まで忘れていたのだろう。一月三日の日に思い出さなかったんだろう。

「おれも少しぼけて来たのか」

絵ハガキをこなごなに引き裂きながら、彼は思った。しかしまだぼける年齢ではなかった。

彼の意識が幸太郎を追い出そうとしたのと同時に、手紙を焼いた記憶をも排出したのだろう。彼は引き裂いたハガキを、窓をあけてぱっと外に散らした。

電報が来た。栄介は赤電話で神田の画廊を呼び出した。四郎が出て来た。

「明日午後一時の汽車で、東京駅に着くというんだよ」

「誰が？」

「誰がじゃないよ。幸伯父だ。ムカエタノムと書いてある。お前、行くか？」

「イヤだね。行かないよ。忙しいんだ」

四郎はその画廊で一週間の個展を開いていた。忙しいというのは、必ずしも口実ではなかった。電話口の遠くから、かすかに音楽が聞こえてくる。四郎の声がそれをさえぎった。

「兄さんはどうする？」

「おれも行きたくないな」

栄介は答えた。

「勝手にやって来て、ムカエタノムもないだろう」

「それもそうだね。しかし幸伯父は兄貴の住所を知ってるんだろう？」

「そりゃそうさ。ハガキをよこすぐらいだからな。しかし迎えに行かないと言うことで、幸伯父はおれたちに会うことを諦めるかも知れない。歓迎されざる――」

「そううまく行くかな」

四郎の笑声が聞こえた。

「きっと兄さんの家に押しかけて来るぜ」

「そのおそれは充分にあるな」

栄介は真面目な声で言った。その場合を考えると、やり切れない気がした。

「とにかくお前から、電話でいいから、一応税務屋さんに知らしといて呉れ。たのむ」

それで電話を切った。

翌日九時半頃眼が覚めた。その日は講義がなかったので、栄介は十一時近くまで寝床の中で、新聞や雑誌を読んでいた。それから渋々起き上がって、かんたんな食事を済ませ、外出の用意をする。しかし迎えに行こうか行くまいか、まだ決めかねていた。

小さな玄関を出て、私鉄の駅に向かう坂道を降りて行った。坂を降り切ったところに大きな黒牛がうずくまって、人だかりがしていた。近寄って見ると、荷台をつけたまま牛は横倒れになり、体軀（たいく）全体であえぎながら、口から血の混じったよだれを垂らしていた。大きな蠅がしきりにそこらを飛び交っている。血よだれはあとからあとからしたたって、地面を汚した。

「もう長いことはないな」

それは人間の死よりももっと強く身近に〈死〉というものを栄介に感じさせた。彼は五分間ほど牛の動きをじっと観察し、そして歩き出した。時計を見ると、今から東京駅に行って、間に合うか間に合わないかの時刻であることが判った。電車を待って歩廊を行ったり来たりしながら、幸太郎が突然家に訪ねた時の気まずさと、こちらから駅に出迎えに行く気分の重さと、栄介はしきりに計りにかけていた。やがて電車が来た。

乗り込んでしばらくして、彼はやっと出迎えに行く決心をつけた。いつ襲って来るか知れない災厄をびくびくして待つよりも、きまった時刻に首の座に坐った方がまだましだ。彼は苦笑いとともに、そう考えた。


階段を登って、東京駅の歩廊に出た。汽車は今着いたばかりのところらしく、荷物を持った旅装の人や出迎えの連中でごったがえしていた。栄介は体を斜めにして、人波を逆にしごいて、のろのろと歩いた。歩廊を三分の一ほど歩いた時、栄介はそれらしき人物を見つけた。その人物は二人の老人と三十前後の和服の女に取りかこまれていた。その人物は二人の老人を相手に、すこし亢奮した面もちで話を交していた。

「あれが幸太郎かな?」

栄介の脳裡に残っている幸太郎は、着物をゆったりと着こなして、背筋をしゃんと伸ばした小肥りの男であった。今三人の男女にかこまれている老人は、洋服を着て、背中が猫背に曲がっている。洋服は古い型だったが、保存がいいのか古風ながら折目立っていた。かぶっている鳥打帽子は新品である。それにくらべて、靴がひどくくたびれていた。何年もそればかり穿いたらしく、底も踵も斜めにすり減って、表面の黒皮の色も褪せていた。彼はとっさの間にそれを見てとった。きちんとしているようで妙にちぐはぐな、要するに典型的な田舎の爺さんの恰好であった。

「どうもこれが幸伯父らしいな」

二間ほどの距離に近づき、柱に半身をかくして、栄介はその一群を観察していた。幸太郎の体は二十年前にくらべると、縮んでひとまわり小さくなったようである。服装のせいなのか、それとも齢をとって縮んだのか。しかしそれが幸太郎だと彼に確信させたのは、首のつけ根にあるコブであった。顔は皺が目立つのに、コブだけはいくらか縮小したとは言え、艶々と光ってふくらんでいる。矍鑠の感じがまだそこらに残っていた。

それにくらべて、二人の老人は幸太郎よりも服装はきちんとしているのに、ひどくよぼよぼとして生彩がなかった。大声を出しているのは幸太郎だけで、あとの二人の声は小さかったり、呂律が怪しかったりした。お前とかおれという呼称が会話に混じるのは、やはり学校時代の同級生なのだろう。和服の女は二人のどれかにつきそって来たに違いない。一歩ほど下がってうつむいていた。

「〈舞踏会の手帳〉にしては、ちょっとうす汚ないな」

横眼で見ながら、栄介は会話に耳をすましていた。出て行って挨拶をする機会を延引させる気持もあったが、まだ自分が出て行く幕じゃないことも彼は感じていた。同級生だとすれば、同年輩だろう。やはり田舎の空気のいいところで暮らしていると、割に元気をうしなわず、都会であくせくしていると、がっくりと老け込んでしまうのか。しかし二人の老人は、幸太郎のあたりかまわぬ大声に、いくらか辟易し、恥じているように見えた。つまり幸太郎の田夫野人ぶりをあたりにはばかって、あきらかに当惑していた。

「よかったのう。お前たち、よく生きとったのう」

幸太郎は手の甲で洟を拭いながら、大声を出した。歩廊にはかなり強い風が吹いて、ところどころで塵埃の小さなつむじ風をつくった。

「遠藤はどうしたんじゃ。折角電報を打ったのに、迎えに来んじゃないか」

「あいつはよいよいになってな」

二人の中の一人が、義歯から洩れる声でぼそぼそと答えた。

「それで寝たっきりだよ。頭の方もすっかりぼけてな」

「ぼけた？　そらいかんな。お前たち、見舞いに行ったのか」

歩廊もしだいに人影がまばらになって来た。まばらになると、駅には何か哀しげな翳がただよって来る。拡声器の声が遠く近くひびいた。

「うん。おれたちもあまり自由がきかないんでなあ」

幸太郎の視線がその時、柱のかげの彼をとらえた。人影がどんどん動いて減って行くのに、柱のかげにぼんやりと佇んでいる男の姿に、幸太郎はふと不審の念を抱いたらしい。その幸太郎の視線と栄介の視線とが、ぴったり合った。栄介は柱から自分の体を引き剝がし、ふてくされたような歩き方で、幸太郎に近づいた。

「おお。おお」

幸太郎はうめくような声を出した。

「栄介か。栄介君か。変わったのう」

「じゃおれたちは――」

二人の老人はほっとしたように、異口同音に言った。

「これで失礼する。元気でな」

一人はよぼよぼと、一人は婦人にたすけられるようにして、そこから離れて行った。あとには幸太郎と栄介だけが残された。

十五

私と栄介は公園内の道をぶらぶらと、広小路の方向に歩いていた。

「それで泊めることを断わったのか」

老人の姿を想像しながら、私は言った。

「冷酷なもんだね」

「冷酷って、おれがか？」

「いや。時間の流れというものがさ」

私はごまかそうとした。しかし栄介はごまかされなかった。

「そりゃおれは冷酷かも知れない。しかし異物が家庭内に入り込んで来るのは、イヤなんだ！」

栄介は声を強めた。

「学資はたしかに出してもらったさ。中途半端だったけれどね。そこでおれも金を出すことにした。月に五千円」

「それじゃ生活出来ないだろう」

「だからもう先、言っただろう。幸伯父はかなり金を持って、田舎から出て来たんだ」

「どうしてそれが判る？」

私は訊ねた。

「終戦後、君の伯父さんは、どんな風な生き方をしていたんだね？」

「それが判らないんだ」

栄介は街路樹の葉を引きちぎり、指で丸めて押しつぶした。しばらく何とも言わずに歩いた。

やがて低い声で、

「初めは真面目に聞いていたんだが、その度に答えが違うんだね。熊本で店を開いていたとか、同じ時期に別府で温泉療養していたとか、伯母が死んだのも終戦直後だったとか、昭和三十年頃だったとか、しゃべる度に話が違うんだよ。友人の医者に聞いてみたら、コルサコフ――」

栄介は言いにくそうに発音した。

「よく診察しなきゃ判らんけれど、コルサコフ症状群を伴う老人痴呆じゃないか、と言うんだ。つまり年寄ぼけだね」

私たちは公園を出た。街には街のにおいがした。

「しかしそろそろ金も尽きかけて来た。それで定額以外をせびりに来るようになった」

と私は言った。

「そういうわけだね」

「うん。そういうことらしい」

栄介はうなずいた。

「この間来た時、幸伯父は玄関に新聞を忘れて行った。何の新聞だと思う？　競輪新聞だ」

「競輪をやってんのか？」

「そうなんだよ」

歩道の雑踏の中では、すり抜けるのが忙しくて、会話は途切れ勝ちになる。交叉点まで無言で歩いた。シグナルが赤で、私たちは立ち止まった。

「それをネタにして、養老院行きを承知させたのかい？」

「ふん」

栄介は鼻を鳴らして笑った。

「そんな冷酷なこと、おれはしないよ。遠廻しに勧めたら、あっさり承知したんだ。体も弱って来たし、当人もその気になったんだろう」

栄介の言葉の内容と反対に、やはりその語調は私の耳に無惨に響いた。たとえ幸太郎の養老院行きが、幸福な道であるとしても。

「そこで君に頼みがあるんだがね、幸伯父は養老院行きの前に、多磨のおん墓に詣りたいと言うんだ」

「多磨？」

「そうだ」

信号が青になったので、私たちは歩き出した。

「車で案内しようと思うんだが、おれだけじゃ間がもてそうにない。君も同行して呉れないか。多磨墓地に行ったことがあるかい？」

「いや」

「おれは戦後多磨墓地の抽籤に当たってね、九州から骨を移したんだ。いいところだよ。樹がたくさん生えていて、まるで公園みたいだ。行って呉れるか」

「行ってもいいけどね」

私は言った。

「君は幸伯父の過去に、興味は持たないのかい？」

「興味ないね」

　栄介はそっけなく答えた。

「安らかに死んで呉れたらいいと思っている。それだけだよ」

「しかしだね、幸伯父が死ぬと、君は俄然彼の生涯に興味を持ち出すと、ぼくはにらんでいる。その遺品や何かを手がかりにして――」

　私はすこし語調を強めた。

「君は誰かが死ぬと、にわかにそれに興味を持ち始めるのだ。そうぼくは思う。肉親の死から、君は精神的な栄養をむさぼり始めるのだ。たとえば死体にたかる鴉のようにさ」

「鴉？」

　栄介はしゃがれた声でわらい出した。

「死骸にたかる鴉なのか。このおれが？」


　約束の時間にすこし遅れて、私は栄介の家を訪ねた。始めて会う幸太郎は、私の描いていた映像とは、いちじるしく、違っていた。小柄でしなびていて、眼が不安そうにびくびく動いていた。コブも巨大なものと思っていたのに、首のつけ根にちんまりとくっついているだけだ。私が挨拶すると、口をもごもごさせて、意味不明な声を出した。それは猫の声に似ていた。

車の運転手は若い男で、栄介を先生と呼ぶところを見ると、学校での教え子らしい。

「伯父さん」

栄介は幸太郎に呼びかけた。

「伯父さんは助手席に乗りなさい。その方が景色がよく見える」

栄介は幸太郎と体を接して乗るのは、イヤなのだろう。自分で扉をあけて、老人の手助けするというやり方ではなく、押し込むようにして、乗車させた。幸太郎は無表情にそれに従った。

後部座敷に栄介と私は並んで腰をおろした。車は動き出した。幸太郎の後頭部と肩が、私の眼の前にあった。肩をおおう洋服の布地は、アイロンをかけ過ぎたのか、けばが磨滅しててらてらと光っている。それはまさしく一張羅という感じがした。

『こんなに齢をとって、若くして死んだ肉親の墓を訪れるのは、どんな気分のものだろうな』

私はそう考えたが、もちろん口には出さない。私は栄介に別のことをささやいた。

「背骨の具合、その後どうだね？」

「うん。毎週唾液腺ホルモンの注射を受けてるがね」

栄介は浮かぬ表情で答えた。

「根をつめたりすると、やはり痛む。痛むというより、重苦しくなって来るよ。でも一生この重苦しさを背負って行かなきゃならないらしい」

「医者がそう言うのか」

栄介はうなずいた。

「れいの肉腫のようなものは——」

栄介は不機嫌な表情で、ぐふんとせきばらいをした。あきらかに牽制である。

「あれはもういいんだ。心配して呉れなくてもいい」

栄介は早口で言った。そこで話題を変えた。


「ここはどこだ？」

多磨墓地の門の前に車が停まった時、幸太郎はいぶかしげに窓外を眺めながら言った。栄介は扉をあけて答えた。

「多磨霊園ですよ」

「多磨霊園？　では墓地じゃないか」

幸太郎はぐいと上半身をうしろにねじ向けた。不安そうに動いていた眼が、急に定まって、きらりと光った。

「誰がこんなところに案内せよと言った？」

「言ったじゃないか。伯父さん」

栄介はうんざりしたように答えた。

「お墓参りをしたいって、この間——」

「お墓って、誰のお墓のことを言っているんじゃ、お前は？」

「もちろんうちのお墓だよ。お父さんや城介やなんかの」

「なに？　福の墓がここにあるのか？」

幸太郎は意外そうに甲高い声で反問した。

「わしは福たちの墓に詣りたいとは言わなかったぞ」

「じゃ誰のお墓に行きたいんですか？」

「大正天皇陛下のおん墓だ。わしははっきりそう言った筈だ」

その表情に嘘はなかった。つまり栄介は何かかん違いをしていたのである。栄介は扉をあけ放ったまま、むっとしたように腕組みをして、背を座席にもたせかけた。

「ではうちの墓には詣らないというんですね」

「それとこれとは問題が違う」

幸太郎はいらだって、前部座席の肩をたたいた。

「わしが詣りたいのは、多摩の御陵だ」

栄介は返事をしなかった。言葉の行き違いがあったにしろ、折角ここまで来たのだから、ついでに弟夫婦や甥たちの骨の収まった墓所を見ようという気を、なぜ起こさないのか。少し経って栄介は手を伸ばして、乱暴に扉をばたんとしめた。幸太郎を無視して、運転の青年に話しかけた。

「君。多摩御陵の場所、知ってるかね？」

「ちょっと調べて見ます」

　青年は地図を取り出した。

「あ。こりゃ相当遠いな。先生。八王子の先ですよ」

「すまないけれど、そこまで行って呉れないか」

「はい」

　エンジンの音とともに車は動き出し、方向を変えた。そして風の強い街衢（がいく）を一時間近く走り続けた。その間栄介は腕組みをしたまま、一言も口をきかなかった。やがて車は銀杏並木の道を走っていた。途中で右折すると、並木は欅（けやき）に変わる。欅の巨木は医書の神経図のような形に、梢を空に散らしていた。青年が言った。

「この突き当たりが御陵です」

「そうか。すこし徐行して呉れ」

　車は速力をゆるめた。どぶ川にかかった古ぼけた橋名は『南浅川橋』と読めた。左手は低く運動場となり、野球をしている人々の動きが見えた。運動場は疎林に区切られ、その彼方に丘や山がかすんでいる。そのひときわ高い山を、青年が指差した。

「あれは高尾山です」

　欅並木の尽きるところに、白い正門があった。車はその脇で停まった。私たちは各々扉をあけて降り立った。青年だけは座席にとどまった。

「すこしくたびれたんで、ここで待っています」

青年は白い清潔な歯並みを見せて笑った。

「それに僕は御陵なんかには、あまり興味がないんです」

幸太郎は先に正門を入った。栄介はわざと遅れるために、入口の事務所の前に佇ち、その前に生えた木を見上げていた。私も栄介に従った。

「これ、スモモだね。珍しいな」

栄介は私に言った。スモモはまだ花をつけていなかった。

「城介の手紙にもあったが、あちらにはこの木が多いらしい。実は桃よりも小さくて、酸っぱいそうだ」

十間ほど入ったところから、幸太郎が振り返った。栄介がのろのろしているのを認めると、くるりと顔を戻して、ひとりで歩き出した。その背の形や足の動かし方は、栄介のそれにそっくりであった。老人の背はすべてを拒否し、背中全体で怒っているように見えた。広い参道の両側はぎっしりと杉の並木でおおわれている。斜めにさす日光が、その杉のてっぺんで淡く煙っていた。強い風がどっと吹きつける度に、杉の梢はゆらゆらと揺れ動いた。春先になると関東地方では、とかくこんな風が吹くのである。

「そろそろ歩くか」

私たちはゆっくりと歩き出した。玉砂利が靴の裏できしきしと鳴った。

杉並木は下枝がおろしてなく、円錐形に並び、無精者の髪の裾毛みたいに、参道に低くむくむくとはみ出していた。しかし近づいて見ると、おろしてないのは参道側だけで、背後の下枝はすっかり刈り取られ、竹や雑木や草などが密生している。風通しが悪くなるのをおそれて、このような変則な刈り方をしたものだろう。それが何となくおかしかったので、私はわらった。

「インチキだね、これは」

池があって鯉が何匹も泳いでいた。栄介はそこに足をとめた。先に立つ幸太郎は、玉砂利のためと風のために歩きにくいらしく、歩度が遅い。池でも眺めて時間をつぶさねば、すぐ距離がつまってしまうのだ。鯉たちはばらばらになったり、私たちが動くと二列か三列に行列して泳いだりした。日当たりの悪いせいか、黒鯉も緋(ひ)鯉も色褪せて、姿も豊かでなく痩せていた。

私たちはしばらく池のはたを徘徊して、魚の動きを観察した。

陵は小高い丘の上にある。柵があって丘には登れない。そこらには赤松がたくさん生え、松ぼっくりをつけていた。前面は玉砂利の広場になっていて、白い風がそこをしきりに吹き抜けた。陵は円形でたくさんの丸い黒っぽい石でおおわれている。菓子の鹿の子のように、混凝土(コンクリート)を土台にして形のそろった石を張りつけたのであろう。丘の下から見上げるのだから、その全貌は展望出来ない。

新しい鳥居が立っていた。

幸太郎はすでに水屋で手を浄め、柵の入口にひざまずいて、両掌を合わせていた。私は鳥居の柱の割れ目に鼻を近づけ、何の材か確かめようとした。しかし木の香はせず、防腐剤のにおいだけがただよった。栄介が幸太郎のかじかんだ背中に声をかけた。

「伯父さん。おれたち、正面で待っているよ」

幸太郎は姿勢をくずさず、返事もしなかった。私たちは今通って来た道を逆に、正門の方にそそくさと歩いた。その間栄介は黙々として、何も口をきかなかった。

正門傍の車の中で、青年は頭を座席にもたせて、うつらうつらと眠っていた。そこで私たちは遠慮して脇道に入り、粗末な木のベンチに腰をおろした。

「ああ。凧が!」

背伸びしたとたんに、青い空に凧が五つ六つ揚がっているのを見た。凧の位置からして、どぶ川の岸あたりから揚げていると思われる。風が強く、またそこらで気流が渦巻くらしく、凧はすべて不安定に揺れ動いていた。しばらく正常に中空に姿を保っていても、突然あおられたように左右に揺れ、きりきりと廻りながら、舞い落ちるのもいた。空の青さの中で、それらはたわむれているようでもあったし、必死にもがいているようにも見えた。私たちの吸うタバコの煙も、またちりぢりに乱れ流れた。

「…………」

何か話しかけようとして、私は空から栄介に視線を移した。凧を見上げている栄介の横顔は、石のように固く凝って、微動だにしなかった。眼が木乃伊のようにからからに乾いていた。私は口をつぐんだ。

その時栄介は何を考え、何を感じていたか、私は知らない。

〔1963（昭和38）年「群像」1～5月号 初出〕

（お断り）

本書は1978年に光人社より発刊された『梅崎春生　兵隊名作選　第一巻』を底本としております。

あきらかに間違いと思われるものについては訂正いたしましたが、基本的には底本にしたがっております。また、一部の固有名詞や難読漢字には編集部で振り仮名を振っています。

本文中には女事務員、婢、妓、痴呆、メリケン粉かつぎ、熊襲、盲点、看護婦、女医、家政婦、女子供、女中、馬子、酌婦、労務者、炭坑夫、部落、つんぼ桟敷、俥夫馬丁、田夫野人などの言葉や人種・身分・職業・身体等に関する表現で、現在からみれば、不当、不適切と思われる箇所がありますが、著者に差別的意図のないこと、時代背景と作品価値とを鑑み、著者が故人でもあるため、原文のままにしております。

差別や侮蔑の助長、温存を意図するものでないことをご理解ください。

梅崎 春生（うめざき はるお）
1915（大正４）年２月15日―1965（昭和40）年７月19日、享年50。福岡県出身。1954年『ボロ家の春秋』で第32回直木賞受賞。代表作に『幻化』『砂時計』など。

P+D BOOKS とは

P+D BOOKS（ピー プラス ディー ブックス）とは
P+Dとはペーパーバックとデジタルの略称です。
後世に受け継がれるべき名作でありながら、現在入手困難となっている作品を、
B6判ペーパーバック書籍と電子書籍を、同時かつ同価格で発売・発信する、
小学館のまったく新しいスタイルのブックレーベルです。

桜島・狂い凧

2023年8月15日　初版第1刷発行

著者　梅崎春生
発行人　石川和男
発行所　株式会社　小学館
〒101-8001
東京都千代田区一ツ橋2-3-1
電話　編集　03-3230-9355
販売　03-5281-3555
印刷所　大日本印刷株式会社
製本所　大日本印刷株式会社
装丁　おおうちおさむ　山田彩純
（ナノナノグラフィックス）

2023 Printed in Japan
ISBN978-4-09-352469-8

P+D BOOKS